잊을 수 없는 밥 한 그릇

The most unforgettable meal of my life

by Park Wansuh et al.

Hangilsa Publishing Co., Ltd.

잊을 수 없는
밥 한 그릇

박완서
신경숙
성석제
공선옥
최일남
정은미
고경일
김진애
주철환
홍승우
김갑수
장용규
박찬일

한길사

당신에게 잊을 수 없는
밥 한 그릇은 무엇입니까

"우리가 어떤 민족입니까?"

누군가 물어본다면 '밥의 민족'이라고 말할 것이다. 한국인에게 밥은 단순히 쌀밥, 보리밥을 말하는 것이 아니다. 밥은 인생이다. "밥은 먹고 다니냐"며 안부를 묻고, "밥 한번 살게"로 고마움을 표현한다. 잘못을 저지르면 "밥도 없을 줄 알아!" 하고 혼난다. 아프면 "밥은 꼭 먹어"라고 걱정하고, 근심이 있으면 "밥이 안 넘어간다"고 말한다. "밥값은 해야지"라며 열심히 일하고, 바쁠 때 "밥 먹을 시간도 없었다"며 한탄한다. 우리는 밥을 통해 마음을 표현하는 민족이다.

그러니 이 책을 펼쳐든 당신께 "당신의 잊을 수 없는 밥 한 그릇은 무엇입니까"라고 묻는다면 필시 인생에서 가장 중요한 순간 중 하나를 꺼내게 되지 않겠는가. 그때 어떤 마음을 주고받았는지를 이야기하게 될 것이다. 여기 박완서, 신경숙, 성석제, 공선옥, 최일남, 정은미, 고경일, 김진애, 주철환, 홍승우, 김갑수, 장용규, 박찬일의 글이 실려 있다. 그림으로, 글로 인생의 한 장면을 그려냈다. 수수팥떡, 강된장과 호박잎쌈, 전주 비빔밥, 팥죽, 묵밥, 초콜릿, 나베, 매운탕, 바나나, 이북만두 등 추억에 얽힌 음식들은 읽는 것만으로도 그 맛이 생생하게 느껴지는 것은 말할 것도 없다.

이 책이 출간된 후 20년의 세월이 흘렀다. 강산이 두 번 변하는 그 시간 동안 많은 것이 달라졌지만 밥에 담긴 추억만은 변하지 않는다. 오히려 시간이 지날수록 '잊을 수 없는 밥 한 그릇'의 아련한 맛은 더 간절해진다. 2024년에 『잊을 수 없는 밥 한 그릇』을 새롭게 펴내는 까닭이다.

더욱 깊어진 밥상을 독자분들께 올린다. 진솔하고 정겨운 밥 한 그릇 드시기를. 그리고 여러분의 '잊을 수 없는 밥 한 그릇'을 떠올려보시기를.

2024년 봄
파주출판도시에서
한길사 편집부

기나긴 봄날의
밥티꽃나무

사람들은 말한다. 먹고살자는데 무슨 일을 못 하느냐고. 그리고 또 사람들은 그런다. 이 세상 모든 것이 다아 먹고살자고 하는 짓이라고. 목구멍이 포도청이라는 말도 있다. 목구멍에 넘길 것 없어지면 세상에서 가장 무서워지는 것이 바로 그 목구멍이라는 말이겠다.

요즘은 잘 뵈지 않지만, 그리고 정식 이름이 따로 있는지도 모르겠지만, 꽃나무 중에 밥티꽃나무라는 것이 있다.

봄에 자주색 꽃이 나뭇가지에 다닥다닥 붙어서 피어나는데 그 꽃모양이 영락없이 쌀밥의 형상이다. 봄은 사실 여름보다 낮이 길지 않은데도 사람들은 흔히 기나긴 봄날이라고 했다. 사계절 중 가장 먹을 것 없는 계절이 봄날이었기 때문이리라.

여하튼, 그 먹을 것 없는 기나긴 봄날에 밥티꽃나뭇가지에 다닥다닥 피어난 밥티꽃은 정말 사람 환장하게 만드는 꽃이었다. 이뻐서가 아니다. 그것이 밥이 아니라 꽃이기 때문이다.

사람들은 또 들판에 피어난 흰꽃만 보면 모두 쌀밥꽃이라고들 했다. 토끼풀꽃도 쌀밥꽃이요, 꽃잎을 펼쳐보면 꽃술이 진짜 쌀밥같이 생긴 꽃도 쌀밥꽃이다. 쌀밥꽃이야기 나온 김에 또 이팝꽃나무가 빠질 수 없다. 밥티꽃, 쌀밥꽃, 이팝꽃, 조팝꽃, 며느리밥풀꽃……

피어날 때 되어 피어난 꽃들이 무슨 죄이겠는가. 죄가 있다면 너무 이쁜 게 죄지. 밥 없는 세상에 피어난 게 죄지.

전라도 산골마을을 지나다가 요새 그런 데서 생전 듣기 어려운 아이 울음소리가 들린다. 이어서 들리는 소리, 악아 악아, 얼뚱악아, 우지 마소 와, 우지 말어, 쌀밥에다가 미역국 말어주께 우지를 마소.

북녘 신년사 중에 이팝에 고깃국 먹게 해주겠다는 구절과 흡사한 자장가다. 과연 아기는 울음을 그쳤을까? 혹시 할머니가 메뉴를 잘못 선택한 것은 아닐까, 피자라든가 뭐 그런 걸로 말이다. 긴장되는 순간, 아이가 울음을 딱 그친다. 거짓말처럼. 눈동자에는 눈물이 그렁한 채로 방실방실. 아이는 조선의 아이였다. 밥 안 먹고는 못 사는.

그리고 우리는 모두모두 그렇게 살아오지 않았나? 아니라면 그대는 조선사람이 아닌가?

여러 분들이 함께 쓴 책머리에 갓 위에 상투 얹은 꼴로 또 하나의 글을 덧붙인 게 송구할 따름이다.

2004년 2월
공선옥

음식에 대한 사랑보다
더 진실된 사랑은 없다.

-조지 버나드 쇼

잊을 수 없는 밥 한 그릇

당신에게 잊을 수 없는
밥 한 그릇은 무엇입니까 · 4
기나긴 봄날의 밥티꽃나무 · 6

박완서   이 세상에 맛없는 음식은 없다 · 13
신경숙   어머니를 위하여 · 31
성석제   묵밥을 먹으며 식도를 깨닫다 · 51
공선옥   밥으로 가는 먼 길 · 67
최일남   전주 해장국과 비빔밥 · 85
정은미   초콜릿 모녀 · 101

고경일 나베요리는 한판 축제 · 115

김진애 요리, 요리를 축복하라 · 127

주철환 바나나를 추억하며 · 141

홍승우 음식에 대한 열 가지 공상 · 155

김갑수 에스프레소, 그리고 혼자 가는 먼 길 · 169

장용규 줄루는 아무 거나 먹지 않아 · 187

박찬일 투박한 요리 요정 나의 어머니 · 207

박완서

박완서

소설가. 1970년『여성동아』장편소설 공모에「나목」이 당선되어
작품 활동을 시작했다.
작품으로는 단편집『부끄러움을 가르칩니다』『엄마의 말뚝』
『저문 날의 삽화』『너무도 쓸쓸한 당신』등이 있고,
장편소설『휘청거리는 오후』『서 있는 여자』『그해 겨울은 따뜻했네』
『그대 아직도 꿈꾸고 있는가』『미망』『그 많던 싱아는 누가 다 먹었을까』
『그 산이 정말 거기 있었을까』『아주 오래된 농담』
『그 남자네 집』등이 있다.
산문집으로는『꼴찌에게 보내는 갈채』『한 길 사람 속』
『어른 노릇 사람 노릇』『두부』『호미』『못 가본 길이 더 아름답다』등이,
동화집으로는『부숭이는 힘이 세다』『자전거 도둑』등이 있다.
한국문학작가상, 이상문학상, 대한민국문학상, 이산문학상, 현대문학상,
동인문학상, 대산문학상, 황순원문학상, 호암상 등을 수상하였으며,
2006년 서울대학교에서 명예문학박사학위를 받았다. 2011년 1월 22일
별세한 후 문학적 업적을 기려 금관문화훈장이 추서되었다.

이 세상에
맛없는 음식은 없다

비 오는 날의 메밀칼싹두기

비 오는 날이면 요즈음도 나는 수제비가 먹고 싶어진다. 그건 아마 어린 날의 메밀칼싹두기와 관계가 있을 것이다. 벽촌의 비 오는 날의 적막감은 내가 아직 맛보지 못한, 그러나 장차 피할 수 없게 될 인생의 원초적인 고독의 예감과도 같은 것이었다. 사랑채 툇마루에 오도카니 앉아 있으면 비에 젖어가고 있는 허허벌판과 큰 나무들과 나직한 동산과 몇 채 안 되는 초가지붕과 불어나고 있는 개울물이 한눈에 들어왔다. 그럴 때면 대식구 속에서 귀염받는 어린것이었음에도 불구하고 핑계만 있으면 울어버리고 싶게 청승스러워지곤 했다. 그런 날은 아마 나뿐 아니라 식구들이 제각기 다들 까닭 없이 위로받고 싶어지는 날이 아니었을까. 할머니나 엄마 아니면 작은엄마 중 누가 먼저랄 것도 없이 칼싹두기나 해먹을까 하는 소리가 나왔다.

우리 집에서 칼싹두기 하면 그건 으레 메밀로 하는 걸로 되어 있었다. 밀가루로 하는 칼국수보다 면발이 넓고 두툼하고 짧아서 국수보다는 수제비에 가까웠다. 그건 아마 꼭 그렇게 해야 된다는 조리법이 있는 게 아니라 메밀가루가 밀가루보다 덜 차지기 때문에 저절로 그리 되었을 것이다. 마을에서 메밀밭을 따로 본 기억은 없다. 물이 풍부하고 벌이 넓어서 논농사가 주였고 밭농사는 자급자족할 수 있는 텃밭 정도였다. 텃밭에서도 이효석이 소금을 뿌려놓은 것 같다고 절묘하게 표현한 메밀꽃을 본 기억이 없으니 아마 텃밭 머리에서 뒷동산으로 올라가는 척박한 둔덕 같은 데다 베갯속이나 별식용으로 조금 심었을 것이다.

메밀가루도 밀가루도 집에서 맷돌에 갈아 체로 친 거였으니까 요새 우리가 먹는 것보다 훨씬 거칠고 빛깔도 희지 않았다. 그중에도 메밀은 더 누렇고 거뭇거뭇한 티도 많았다. 그걸 적당히 반죽해 다듬이 방망이로 안반에다 밀어 칼로 썩둑썩둑 썰어 맹물에 삶아 약간 걸쭉해진 그 국물과 함께 한 대접씩 퍼담는 것으로 요리 끝이었다. 간은 반죽할 때 하는지 삶는 물에다 소금을 치는지 잘 모르겠다. 따로 양념장을 곁들이지도 않고 꾸미를 얹지도 않았다. 따뜻하고 부드럽고 무던하고 구수한 메밀의 순수 그 자체였다.

또한 그때만 해도 한가족끼리도 아래위 서열에 따라 음식 층하가 없을 수 없는 시대였지만 메밀칼싹두기만은 완벽하게 평등했다. 할아버지 상에 올릴 칼싹두기라고 해서 특별한 꾸미를 얹는 일도 없었지만 양까지도 어른·아이 할 것 없이 막대접으로 한 대접씩 평등했다. 한 대접으로는 출출할 장정이나 머슴은 찬밥을 더 얹어먹으면 될 것이고, 한 대접이 벅찬 아이는 배를 두들겨 가며 과식을 하게 될 것이나 금방 소화가 되어 얹히는 일이 없었다.

땀 흘려 그걸 한 그릇씩 먹고 나면 뱃속뿐 아니라 마음속까지 훈훈하고 따뜻해지면서 좀전의 고적감은 눈녹듯이 사라지고 이렇게 화목한 집에 태어나길 참 잘했다는 기쁨인지 감사인지 모를 충만감이 왔다.

칼싹두기의 소박한 맛에는 이렇듯 각기 외로움 타는 식구들을 한 식구로 어우르고 위로하는 신기한 힘이 있었다.

꿩 대신 닭이라고 요새도 비 오는 날이면 밀가루 수제비라도 먹고 싶어진다지만 같이 먹을 사람이 없으면 수제비를

뜨지 않는다. 나는 내 입맛만을 위한 요리도 즐겨 하는 편인
데 수제비만은 혼자 먹으려고 해지질 않는다. 내가 잊지 못
하는 건 메밀의 맛보다 화해와 위안의 맛이 더 크기 때문일
것이다.

> "칼싹두기의 소박한 맛에는 이렇듯
> 각기 외로움 타는 식구들을 한 식구로 어우르고
> 위로하는 신기한 힘이 있었다."

근래에 기적처럼 메밀칼싹두기를 먹어본 적이 있다. 조
각가이자 미식가로도 소문난 이영학 선생 댁에서였는데 끓
는 물에 삶아 건진 칼국수를 찬물에 재빠르게 헹구어 일식
집에서 메밀국수 다시로 나오는 것과 비슷한 양념국물에 찍
어먹으라는 것이었다. 칼국수와 소바를 짬뽕해놓은 것 같아
그닥 맛있을 것 같지 않았는데 맛을 보니 기가 막혔다. 양념
국물 때문이 아니라 국수 자체가 그렇게 깊고 편안하고 감
칠맛이 있었다. 칼국수와도, 파는 소바와도 닮지 않은 이 맛
은 무엇일까? 그 맛 속에는 나를 끌어당기는 특별한 무엇인
가가 있었다.

아니나 다를까 그건 메밀가루로 만든 국수였고 만드는

방법도 큰 도마에다 밀어서 칼로 썬 옛날 우리 집에서와 같은 수제였다. 다만 메밀가루가 정제된 고운 것이어서 옛날의 칼싹두기보다 훨씬 하얘졌을 뿐이었다. 그러면 그렇지, 옛날 맛에 대해 치사할 정도로 집요한 내 입맛에 나는 속으로 실소를 금치 못했다. 한 식탁에서 그것을 맛본 딴 손님들도 다들 그것을 맛있다고 했지만 나하고는 달랐다. 나의 찬탄은 거의 감동 수준이었다. 나는 그 메밀칼국수를 한 번 맛본 걸로는 성이 차지 않아 한 번 더 초대해주길 간청해서 실컷 먹어보았다. 이 글을 쓰기 위해 그 댁에 전화를 걸어 그 재료를 어디서 구했는지 알아보았는데 농협에서 산 봉평 메밀가루에 약간의 밀가루를 첨가한 거라고 했다.

생일날의 수수팥떡

계집애는 열 살 될 때까지 생일날 수수팥떡을 해줘야 된다는 건 우리의 민속인지 또는 우리 집안에만 전해 내려오는 가풍인지 그건 잘 모르겠다. 말은 열 살까지라 해놓고 초등학교 졸업할 때까지, 그러니까 열네 살까지도 생일날은 미역국과 함께 수수팥떡을 먹지 않으면 안 되었다. 먹지 않으면 안 되었다는 것은 즐겨 먹지는 않았다는 소리다.

생일이 여름방학에도 겨울방학에도 해당 안 되는 철이

라 서울 와서 학교 다니면서 생일을 챙겨줄 사람은 엄마밖에 없었는데도 할머니는 혹시 엄마가 수수팥떡 해주는 것을 잊을세라 붉은 팥과 수수를 부쳐주시곤 했다. 시골서 할머니가 손수 생일을 챙겨주실 때도 행여 수수팥떡을 빠뜨리면 큰일날 것처럼 정성을 기울이는 할머니의 태도에는 어딘지 주술적인 데가 있었다. 오빠에게도 안 해주는, 나에게만 쏟는 그런 정성이 막연히 기분 나빴다. 집안 어른 중에도 특히 할머니는 모든 귀하고 맛난 음식은 아들손자 우선으로 챙기셨는데 수수팥떡만은 예외인 것이 아무래도 수상쩍었다.

민족이나 마을 공동체에는 으레 전해 내려오는 설화가 있고, 그게 현재를 사는 사람들의 생활이나 사고방식에 은근한 영향을 미치는 것처럼 개인에게도 한두 가지 그런 전설은 있는 법이다.

내 기억에는 없는데 나를 기르면서 지켜봐준 어른들이 유별나게 반복해서 증언하는 걸 듣게 되면 상상력이 발동해 기억하는 사실보다도 더 생생하게 떠오르는 장면이 있게 된다. 할머니나 고모한테 업혀 다녔을 때라고 하니까 도저히 기억이 미칠 수 없는 유아기일 것이다. 나는 저녁노을만 보면 무서워하면서 어른 등에다 얼굴을 파묻고 불에 덴 듯이 울었다고 한다. 나는 이런 나의 전설에다 살을 붙여 그때 그 어린것한테는 피투성이가 되어 내던져진 이 세상에 대한 공포감이 아직 남아 있었을 거라고 짐작하곤 했다.

전설시대 이후, 내 기억이 미치는 어릴 적 우리 마을의 노을은 무시무시하게 낭자한 핏빛이었다. 특히 노을 진 들판 밭머리에서 건들대는 피딱지 빛깔의 껑충한 수수이삭을 바라보면 까닭이 없어 오히려 더 절절한 전생의 설움 같은 게 복받치곤 했다. 겨울이나 봄, 여름에도 저녁노을이 유난스럽게 붉은 날은 있었으련만 내 기억 속의 저녁노을은 꼭 피딱지 빛깔의 수수이삭하고 같이 떠오른다.

열 살이 될 때까지 할머니가 생일날 꼭 먹이고 싶어 했던 수수팥떡도 붉은 빛깔이었다. 떡도 생생한 붉은빛이었지만 팥도 거피하지 않은 붉은 팥이어야만 했다. 흰밥과 흰 닭고기가 듬뿍 든 까만 미역국은 이 집안에서 존중받고 있다는 안도감을 주는 편안한 생일 음식이었던 데 반해 시뻘건 수수팥떡은 어딘지 불편했다.

오빠는 고기를 아주 안 먹는 것도 아니면서 집에서 기르던 닭이나 돼지를 잡아 만든 음식은 입에 대기를 꺼려했다. 그런 오빠를 어른들은 사내 녀석이 저렇게 마음이 약해 무엇에 쓰느냐고 걱정했지만 나는 고기를 먹으면서 그 짐승이 살았을 때 생각을 한 것 같진 않다. 근데 왜 수수팥떡을 보면 핏빛처럼 붉은 저녁노을과 함께 수수의 근본이 떠올랐을까. 어린 나이에도 그 떡을 안 해주면 큰일 날 것처럼 정성스럽게 챙기는 할머니의 태도에서 지나치게 민감하게 태어난 손녀에게 따라다닐지도 모를 살(煞)을 제해주고 싶은 주술적인 의식의 기미 같은 게 느껴져서가 아니었을까.

> "그까짓 맛이라는 것, 고작 혀끝에
> 불과한 것이 이리도 집요한
> 그리움을 지니고 있을 줄이야."

생일 수수팥떡은 요새도 떡집에서 사먹을 수 있는 수수경단하고 비슷한 맛이고 만드는 방법도 비슷하리라고 생각한다. 다만 모양이 지금 것보다 훨씬 투박하고 컸다. 반죽한 수수가루를 아이들 손바닥만 한 크기로 두둑하고 동그스름하게 빚어 끓는 물에 넣었다가 익어서 둥둥 떠오르면 조리로 건져서, 푹 삶아 푸실푸실하게 으깬 붉은 팥고물에 굴리면 된다.

박적골의 참게장

바다가 어떻게 생겼는지 소학교 4학년 때 인천으로 수

학여행 가서 처음 보았지만 태어난 마을은 넓은 벌판 도처에 맑은 개울물이 그물망처럼 흐르고 있어서 잔다랗고 하찮은 민물고기들은 어려서부터 지천으로 보았다. 동무들하고 삼태기나 체를 가지고 개울로 나가 삼태기로 여울목을 막고 위에서 점벙대며 물고기를 모는 시늉을 한참 하고 나서 건지면 보리새우가 꽤 많이 잡혔다. 다슬기나 버들치도 같이 잡혔지만 다 놓아주고 보리새우만 집으로 가져가면 어른들은 야단도 안 치고 환영하지도 않고 그냥 아무렇지도 않게 된장을 푼 아욱이나 우거짓국에 들어뜨리고 말았다. 빨갛게 익은 새우가 둥둥 뜬 된장국은 맨된장국보다 훨씬 달았는데도 부엌에서 그걸 크게 반긴 것 같지는 않다. 어른들의 그 무심한 태도 때문인지 삼태기를 놓고 새우를 잡는 일은 물장난의 해롭지 않은 부산물 정도로밖에 생각나지 않는다.

그러나 벼가 누렇게 익을 무렵 논에서 부글부글 거품이 나오는 게구멍을 발견하고 손을 넣어 엄지발가락에 털이 난 참게를 잡는 일은 스릴 있고 실속 있는 놀이였다. 할머니가 반기는 노획물이었는데 딱지가 동그스름한 암게는 따로 두고 수게는 볶아서 저녁상에 올리기도 하고 한두 마리일 적에는 화롯불에 구워주기도 했다. 익어서 붉은색을 띤 딱지 속에 가득 든 노란 알의 맛을 무엇에 비길까. 사납게 생긴

털 난 집게발가락을 깨뜨리고 파먹는 그 안의 살의 맛 또한 무엇과도 바꿀 수 없는 미미(美味)였다.

그러나 고약처럼 새까맣고 끈끈한 암게의 장과는 격이 달랐다. 나는 겁이 많아 게를 많이는 못 잡았고 더군다나 귀한 암게는 어쩌다나 걸렸을 테니까 가을에 항아리에 가득히 담는 게장은 아마 전문으로 잡는 사람을 시켰든가 사들였을 것 같다. 할머니가 가마솥을 가실 때나 쓰는 손잡이가 길고 억센 솔로 참게를 손질하시는 동안 나는 옆에서 망을 보았다. 손질이 끝난 게나 안 끝난 게나 다들 왕성하게 살아 있어서 와삭와삭 소리를 내며 항아리 언저리로 기어 나오길 잘했다. 나는 막대기를 들고 지키고 있다가 언저리를 넘으려는 게를 톡 치면 다시 항아리 안으로 떨어지곤 했다. 그래도 놓친 게는 부엌바닥을 옆으로 빠르게 기어 어디론지 도망쳤다. 할머니는 질겁하며 잡아들이면서 게가 쥐구멍으로 들어가면 생전 가난하단다, 라고 하셨다. 게가 쥐구멍으로 들어가면 그 집이 생전 가난하다는 소리는 그 후 서울 시집에서 게장을 담글 때도 시어머니한테 들었으니 꽤 널리 분포된 속설이었던 듯하다. 가난이 무언지 모를 때라 겁날 건 없어도 게하고 쥐하고 싸우면 누가 이길까 궁금했지만 할머니의 엄숙한 경고 때문에 감히 실험해보진 못했다.

할아버지는 당신 상에나 올릴 것 같은 특별한 별식이 있을 때만 일부러 손녀를 불러 겸상을 명하셨지만 나는 그런 특혜를 좋아했던 것 같지는 않다. 특히 수염이 빠졌다 나온 고깃국물을 남겨주시는 건 질색이었다. 그러나 게장이 오를 때는 아니었다. 할아버지는 암게 딱지 속에 든 고약처럼 새까만 게장을 당신 젓가락 끝으로 꼭 귀이개로 퍼낸 것만큼 찍어서 밥숟가락 위에다 얹어주시곤 했다. 아, 그 맛을 무엇에 비길까. 그건 맛의 오지, 궁극의 비경(祕境)이었다. 아무리 적은 양이라도 혀 전체가 반응하고 입안의 점막까지도 그 맛을 한 번만 보면 생전 잊지 못한다. 그 맛은 딱지와 간장에도 깊이 배어 있어서 빈 딱지에다 밥을 몇 번을 비벼도 밥은 맛있고도 맛있었다. 파주 게가 진상 게라지만 박적골(우리 마을 이름) 게 맛만은 못할걸. 할아버지도 이렇게 게장 맛을 상찬해 마지않으셨다.

아닌 게 아니라 50년대 초반까지도 서울거리엔 살아 꿈틀대는 민물 참게를 암게·수게 따로 열 마리씩 새끼줄에 엮은 걸 어깨에 걸고 다니면서 파주 게 왔다고 외치고 다니는 풍경을 볼 수 있었고, 서울 토박이인 시집에서도 게장을 담갔지만 박적골 게장 맛엔 댈 것도 아니었다. 그러다가 민물게가 디스토마를 옮긴다고 해서 안 담그는 사이에 하천이

오염되면서 게장수도 사라지고 시장에서도 참게를 찾아볼 수 없게 되었다. 근래엔 섬진강, 임진강, 한탄강에서 다시 참게가 나고 강변에서는 그걸 요리해 파는 집도 있다는 소릴 듣고 마치 진리를 찾아 헤매듯 불원천리 찾아다녀도 보았지만 내 입맛엔 다 가짜였다. 참게로 고추장찌개를 끓이다니, 그것도 마땅치 않았지만 게장이라고 내온 것도 수게에게도 있는 노란 장을 부득부득 암게의 알이라고 우기면서 까만 장에 대해 아무리 설명해도 못 알아들었다. 그 옛날의 까만 장은 암게의 알이었을까, 내장이었을까, 박적골 게한테만 있는 특별한 거였을까.

강된장과 호박잎쌈

애호박이 가장 잘 열리고 또 예쁠 때는 처서 지나 찬바람 날 무렵이다. 나는 왜 못생긴 여자를 호박 같다고 하는지 잘 이해가 안 된다. 반들반들 윤기 나고 허리가 잘록한 애호박을 보면 뭐 해먹겠다는 예정 없이도 무조건 사고 본다. 또 길 가다 남의 집 담장이나 울타리를 타고 올라간 호박 덩굴 사이에서 동그란 토종 애호박을 발견하면 도심(盜心)까지 동해 괜히 주위를 두리번거리게 된다. 호박잎이 가장 부드럽고 맛있을 때도 바로 찬바람 날 무렵이다. 예전 같으면 곧 김장밭을 갈기 위해 걷어버리기 전의 호박잎이다. 그러나 여름이라도 연하고 어린 호박잎을 골라서 딸 수만 있으면 된다.

성성한 호박잎을 잎맥의 까실한 줄기를 벗기고 깨끗이 씻어서 뜸들 무렵의 밥 위에 얹어 부드럽고 말랑하게 쪄내는 한편 뚝배기에 강된장을 지진다. 된장이 맛있어야 한다. 된장을 뚝 떠다가 거르지 말고 그대로 뚝배기에 넣고 참기름 한 방울 떨어뜨리고, 마늘 다진 것, 대파 숭덩숭덩 썬 것과 함께 고루 버무리고 나서 쌀뜨물 받아 붓고 보글보글 끓이다가 풋고추 썬 것을 거의 된장과 같은 양으로 듬뿍 넣고 또 한소끔 끓이면 되직해진다. 다만 예전보다 간사스러워진 혀끝을 위해 된장을 양념할 때 멸치를 좀 부숴 넣어도 좋고, 호박잎을 밥솥 대신 찜통에다 쪄도 상관없다.

쌈 싸먹는 강된장은 슴슴하고도 되직해야 하기 때문에 집 된장이 좀 짠 듯하면 양파와 표고버섯을 잘게 썰어 넣으면 되직해지면서 맛도 더 좋아지지만 이 강된장에서 가장 중요한 건 풋고추다. 풋고추의 독특한 향기는 강하되 매운맛은 너무 독하지도 밍밍하지도 않은, 생으로 아작 깨물고 싶게 성성한 풋고추를 된장 반 풋고추 반이 되도록 넣어야 한다. 새로 지은 밥을 강된장과 함께 부드럽게 찐 호박잎에 싸먹으면 밥이 마냥 들어간다. 그리고 마침내 그리움의 끝에 도달한 것처럼 흐뭇하고 나른해진다.

그까짓 맛이라는 것, 고작 혀끝에 불과한 것이 이리도 집요한 그리움을 지니고 있을 줄이야. 그 맛은 반세기도 넘어 전의 고향의 소박한 밥상뿐 아니라 뭐든지 덩굴 달린 것들은 기를 쓰고 기어 올라가던 울타리와 텃밭과 장독대뿐만 아니라 마침내 고향에 당도했을 때의 피곤한 안도감까지를 선연하게 떠오르게 만든다.

> "내 몸의 그 까다로운 비위는
> 나 아니면 맞출 수가 없다."

뿐만 아니라 분수에 넘치게 비싼 음식이나 보기만 해도 뱃살이 오를 것이 걱정스럽게 기름진 양식으로 외식을 하고 나서 비위도 들뜨고 오장육부도 자리를 못 잡아 불편할 때 이걸로 입가심을 하면 비위와 속이 편안하게 제자리로 돌아온다.

그러나 너무 단순소박하고 볼품이 없기 때문에 이걸로 손님대접을 한 적은 없다. 이건 딴 음식하고 같이 내놓을 성질의 음식이 아니다. 밥하고 강된장하고 호박잎은 서로 완벽하게 궁합이 맞으니까 딴 음식에게는 배타적일 수밖에 없다. 손님이 아닌 내 자식들한테는 더러 해준 적이 있지만 맛있다고는 하면서도 나처럼 허둥대며 탐하진 않기 때문에 잘 안 하게 된다. 왜 이 음식만은 극찬을 받고 싶어 하는지 나도 잘 모르겠다. 그러니까 이 음식은 순전히 나만의 입맛과 나만의 추억을 위한 음식인데도 일 년에 몇 번은 해먹는다.

내가 혼자 살게 된 후부터 남들이 가장 궁금해하고 걱정해주는 건 식사문제인 것 같다. 혼자 사세요? 그럼 식사는요? 누구든지 이렇게 묻는다. 아마 밥보다는 반찬 걱정을 해주는 것 같아서 딸들이 가까이 살고 늘 밑반찬을 떨어질 새 없이 해 나른다고 말해도 소용이 없다. 그래도 그렇지요. 그 연세에 어떻게 진지를 손수 해 잡숫느냐고 상대방의 동정심은 수그러질 줄 모른다. 그럼 나는 조금 화가 나서 아니 내가 글도 쓰는데 그까짓 밥을 왜 못 해먹느냐고 짜증을 내고 만다. 밥하고 반찬하는 건 손에 익으면 쉬워지지만 글 쓰는 일은 생전 해도 숙련이 안 되기 때문이다. 내 입엔 내 손맛이 가장 잘 맞는다. 행사나 모임이 겹쳐 내리 며칠을 외식만 할 적이면 마치 과로할 때 휴식을 갈망하듯이 어서 집에 가서 구수하고 간소한 식사를 하고 싶어진다.

젊었을 적의 내 몸은 나하고 가장 친하고 만만한 벗이더니 나이 들면서 차차 내 몸은 나에게 삐치기 시작했고, 늘그막의 내 몸은 내가 한평생 모시고 길들여온, 나의 가장 무서운 상전이 되었다. 몸에는 혀만 있는 게 아니다. 입맛이 원한다고 딴 기관에 해로운 걸 마냥 먹게 할 수도 없다. 내 몸의 그 까다로운 비위는 나 아니면 맞출 수가 없다. 또한 내 손맛에는 아무도 흉내 낼 수 없는 곰삭은 맛, 내 고향의 맛, 엄마의 손맛이 깃들어 있다. 그걸 기억하고 동의해주는 게 내 몸이니 나하고 내 몸이 가장 죽이 잘 맞을밖에.

이 세상엔 맛있게 만든 음식과 맛없게 만든 음식이 있을 뿐, 인간의 몸이 몇만 년에 걸쳐 시험해보고 먹을 만하다고 판단한 자연의 산물 중 맛없는 것은 없다고 생각한다.

나는 맛있는 것을 먹고 싶은 건 참을 수 있지만, 맛없는 건 절대로 안 먹는다.

신경숙

신경숙

소설가. 1985년 『문예중앙』에 「겨울 우화」로 등단.
소설집으로 『강물이 될 때까지』 『풍금이 있던 자리』 『오래 전 집을 떠날
때』 『딸기밭』 『종소리』 『달에게 들려주고 싶은 이야기』 『작별 곁에서』
등이 있고, 장편소설집으로는 『깊은 슬픔』 『외딴방』 『기차는 7시에 떠나
네』 『바이올렛』 『엄마를 부탁해』 『어디선가 나를 찾는 전화벨이 울리고』
등이 있다. 또한 산문집으로 『아름다운 그늘』 『요가 다녀왔습니다』
짧은 이야기집으로 『J이야기』가 있다.
한국일보문학상, 현대문학상, 만해문학상, 동인문학상, 오영수문학상,
맨 아시아 문학상 등을 수상했다.

어머니를
위하여

어렸을 때 먹어봤던 음식을 찾게 되면 나이가 들었다는 증거라 한다. 사는 동안 수많은 음식을 먹게 되지만 결국엔 어렸을 때 먹어봤던 음식으로 돌아가게 되어 있다고도 한다. 2~3년 전만 해도 그건 말하기 좋아하는 사람들이 하는 소리겠거니, 생각했다. 그때의 음식으로 돌아가게 되어 있다는 말은 다시 말해 그 음식이 가장 맛있는 음식이라고 생각되기 때문일 텐데 개인적으로 나는 어렸을 때 먹었던 음식을 맛있는 음식이라고 생각하지는 않았기 때문이다. 그러나 이제는 그 말이 맞다고 생각한다.

그냥 감자를 예로 들자면 어렸을 땐 단순하게 흙 묻은

감자를 깨끗이 씻어서 물그릇 하나를 솥에다 엎고 삶아서 먹었을 뿐이다. 그런데 지금은 어떤가. 감자 하나를 가지고 수많은 음식을 만들 수 있다. 스낵으로 만들 수도 있고, 알루미늄 포일에 싸서 구워 크림을 얹어먹을 수도 있으며, 튀김을 만들 수도 있으며…… 하여간 감자를 좋아하는 나는 그동안 숱하게 여러 종류의 감자요리를 먹었다. 그런데 지금 내가 가장 좋아하는 감자는 그냥 단순하게 삶은 알감자이다. 잘 삶아서 껍질을 벗겨먹는 게 제일 맛있다. 말하자면 어렸을 때 먹었던 감자로 돌아간 것이다.

이런 경우가 감자만이 아니다. 호박도 마찬가지다. 어렸을 때 어머니는 뒤란의 담을 타고 넘어간 호박덩굴 사이에서 애호박을 하나 뚝 따가지고 와서 숭덩숭덩 썰어넣고 된장독 안에서 누런 된장을 퍼와 풀어 힘을 전혀 들이지 않고 된장국을 끓이셨다. 여름 내내 호박된장국이 밥반찬이었기 때문에 속세 말로 질렸다고나 할까. 그런데 그것이 요즘은 그립다.

어느 날인가는 산에 올라갔다 내려오는데 어떤 할머니가 어렸을 때 담장 위에서 열리던 그 호박과 비슷한 둥근 호박을 팔고 계셨다. 한 덩어리에 500원이었다. 두 덩어리를 사서 한 덩어리는 같이 산에 갔던 동행자의 배낭에 넣어주고(웬 호박을 사주나 싫은 기색이기조차 했다) 한 덩어리는 내가 가지고 와서 어머니 흉내를 내 칼질을 숭덩숭덩한 다음에 된장을 풀고 국을 끓어봤는데 아니올시다, 였다. 어머니 맛을 내보겠다고 덤볐다가 실패한 경우가 한두 번이 아니지만 그날은 여간 애석한 게 아니었다.

가끔 시골에 내려가면 나는 어머니가 어렸을 때 끓여주시던 호박된장국 따위가 먹고 싶은데 뭐라도 더 먹이고 싶은 어머니는 읍내에 나가서 고기를 끊어오거나 홍어를 사오신다. 그때는 재료가 귀해서 명절이나 제사가 아니면 만들고 싶어도 만들지 못했던 재료들을 사와 실컷 음식을 만들어주시는 것이다. 애걸복걸해야만 마지못해 상 한귀퉁이에 호박된장국을 내놓아주신다. 다 먹고 나서 어머니, 나는 그래도 어머니가 끓여주는 호박된장국이 제일 맛있네, 하면 어머니는 참, 별소리를 다 듣는다는 듯이 어이없어 하신다.

내 생각에 맛이란 가장 원초적인 맛이 최고인 것 같다. 있는 그대로의 것에 가장 가까운 맨 얼굴 같은 맛 말이다. 밥 먹기 바로 전에 텃밭에 돋아나 있는 푸성귀를 뜯어다 쌈을 싸먹는다든가, 생멸치를 고추장에 찍어먹는다든가 하는 손도 덜 가고 멋스럽지도 않은 맛이 어렸을 때 먹어본 맛이기도 하다. 깎지 않고 사각사각 베어먹었던 사과, 단물이 입안에 가득 고이던 갓 따온 배 같은 과일도 얼마나 맛있었나. 요즘에는 나물을 하나 무쳐봐도 왜 그렇게 맛이 없는지. 처음에는 참기름맛이 달라졌나? 생각했는데 비단 그런 것만은 아닌 것 같다. 땅에서 떠나 내 손에 닿기까지 그 나물은 제맛을 다 잃어버린 것이다. 특히 비닐에 담겨 슈퍼의 냉장 진열대에 놓여 있는 동안에.

> "내 생각에 맛이란
> 가장 원초적인 맛이 최고인 것 같다.
> 있는 그대로의 것에
> 가장 가까운 맨 얼굴 같은 맛 말이다."

밭에서 금방 뜯어온 것들 속엔 원초적인 맛이 배어 있다. 거기에 어머니 손맛이 곁들여져 있었을 테니 이 도시에서 내가 그걸 흉내라도 내겠는가. 그때는 양념을 하고 싶어도 모자라 못한 바도 있었겠지만 이후 수많은 양념된 음식을 먹어본 내가 다시 먹고 싶고 그리운 맛은 원초에 가까운 것들이다.

어렸을 때 내게 봄은 큰방에 세워놓은 고구마짝의 고구마가 바닥나는 것, 뒤란 장독대 옆의 땅을 파고 만들어놓은 무짱의 무가 바닥나는 것으로 시작되었다. 냉장고도 뭣도 없던 때는 겨울 입구에 뭐든 다 땅속에 파묻어 짚을 씌워놓고 그랬던 것 같다. 김치며 동치미며 무며 등등. 그중 고구마만은 예외였다. 고구마밭에서 고구마를 캐다가 바깥에 두면 얼기 때문에 식구들 다들 모여드는 큰방 윗목 한쪽에 대나무로 엮은 고구마짱을 세우고 거기 가득 고구마를 부어 두었다.

　겨우내 고구마짱은 사람처럼 거기 그러고 있었다. 지금이야 상황이 달라졌지만, 그때는 누구네 집 할 것 없이 집집마다 쑥쑥 자라나는 아이들이 세 살 두 살 터울로 수두룩한 때라 먹을 거라면 뭐든 귀하고 모자라던 때였다. 더욱이 시골의 겨울나기 속에 맛난 간식거리가 따로 있을 턱이 있나. 그래도 우리 집이나 딴 집이나 겨울이면 집집마다 부엌의 큰 솥을 열어보면 집집의 누나나 어머니가 고구마짱에서 내다가 쪄놓은 물고구마가 늘 있었다. 반으로 짜개면 물이 줄줄 흐르듯이 무르던 물고구마. 그걸 입에 대고 쪽 빨기만 하면 되는 것도 있었다. 참말로 달디달았다. 어쩌다 점심때는 식구들이 다 모여 땅에 묻어놓은 시원한 동치미 국물을 떠다놓고 따끈따끈한 물고구마를 까먹는 것으로 점심을 대신할 때가 있었는데 그때면 제법 우리 식구들이 단란해 보여 기분도 좋고 그랬다.

그렇게 고구마는 추운 겨울 낮의 따뜻한 먹을거리였고 바람이 불거나 눈 그림자가 방 안까지 비치는 겨울밤에는 무광의 무를 꺼내다가 깎아먹곤 했다. 차가운 생무 또한 얼마나 달디단지. 장독대의 장항아리 뚜껑이 흰 모자를 쓴 것처럼 눈이 펑펑 내릴 때는 누군가 고구마광에서 고구마 몇 개를 꺼내 눈 속에 파묻어놓기도 했다. 고구마가 눈 속에서 얼락말락할 때 눈 속에서 고구마를 집어와 깎아서 뚝뚝 잘라먹는 재미가 쏠쏠했다.

　　그러다가 어머니가 청국장을 끓이려고 무광에서 무 하나를 꺼내와 칼로 잘라보고는 곧 봄이 올라나보다, 하셨다. 무에 바람이 들었다면서. 바람 든 무는 맛이 없어 먹지도 못하는데 바람 든 무를 들여다보며 봄이 올라나보다, 하셨던 어머니의 낯빛은 실망스런 것이 아니었다. 봄을 기다리는 마음이란 그런 것이었을까. 그것도 잠깐. 어느 날 아침, 무광에서 무 한 개를 꺼내오라는 심부름에 뒤란으로 나가 무광에 씌워놓은 짚을 걷어내고 엎어지듯 손을 넣어보면 금방 손바닥에 닿던 무가 손에 닿질 않았다. 엎어지듯 엎드려서 손을 저어봐도 무가 손에 닿지 않으면 봄이 대문 앞까지 온 거였다.

　　그건 고구마광에서도 마찬가지였다. 겨울 초입 큰방의

고구마꽝에 가득 쌓여 식구들의 온갖 희로애락을 다 듣고 있던 고구마들이 푹 줄어들고 맨바닥의 것이 묘한 냄새를 풍기기 시작하면 봄이 온 거였다. 어느 날 누군가 고구마꽝을 걷어내고 바닥에 냄새를 풍기며 남아 있는 고구마를 퍼다 버리면 봄이 문지방까지 왔다는 얘기였다. 물고구마와 생무를 먹으며 겨울을 통과해오면 나도 모르게 쑥 커버린 느낌이었다. 이제는 그 모습 찾아보기 힘들겠지만 뒤란 무꽝의 빈자리와 큰방 고구마꽝의 빈자리와 함께 왔던 봄.

"봄을 기다리는 마음이란
그런 것이었을까."

마당의 뒷문을 열고 스무 걸음만 걸으면 거기에 텃밭이 있었다. 여름날이면 텃밭에 상추와 아욱과 쑥갓과 무순 등이 항상 파랗게 자라고 있었다. 한쪽에서는 풋고추가 달린 고춧대가 자라고 오이덩굴 밑엔 애오이가 수줍게 얼굴을 내밀고 있었고 그 곁엔 보라색 가지가 주렁주렁 달린 가지순도 있었다.

여름날 점심상은 늘 마루에 차려졌다. 어머니는 논에서 돌아오다가 혹은 읍내에 나갔다가 돌아오는 길에 텃밭에서 상추와 쑥갓과 무잎사귀 등을 푸짐하게 뜯어 윗옷 앞섶에 담아들고 왔다. 아직 덜 자란 애오이를 두어 개 뚝 따오기도 했고 너무나 싱싱해서 베어물면 매운맛이 혀끝에 쫙 퍼질 것 같은 잘생긴 풋고추가 섞여 있는 건 당연했다. 어머니가 뒤꼍의 장꽝에서 된장과 고추장을 떠와 생마늘을 듬성듬성 썰어넣어 쌈장을 만드는 동안 나는 우물에서 그 파란 것들을 씻어 물기가 성성한 것들을 바구니에 담아 마루에 차려진 상 옆에 놓아두었다.

밥상에 올려진 것이라고 해봐야 별것도 없었다. 쌈장과 신김치와 장아찌 정도. 간혹 쌈장 대신 멸치를 넣고 끓인 깡된장이 뚝배기에 담겨 올라온 정도. 여름날이면 언제나 부엌에 보리밥이 가득 담긴 밥바구니가 턱하니 걸려 있었는데 그것이 마루의 점심상 곁에 나와 있는 정도.

대문 옆에 몇 그루 심어져 있던 감나무 위로 사각사각 지나가는 바람소리 때문이었을까. 아니면 저만큼 나른하게 드러누워 인간들이 밥 먹는 꼴을 지켜보는 누렁이 탓이었을까. 아니면 툭 트인 하늘의 흰 뭉게구름 탓이었는지도. 그저 푸성귀만 가득인 점심상이었어도 여름 내내 점심이 참 맛있었다.

어머니가 밥그릇에 보리밥을 퍼서 놓아주면 누군가는

상추 위에 깻잎을 얹고 무잎사귀를 또 얹고 보리밥을 얹고 쌈장을 얹어서 오무려 볼이 미어지게 쌈을 해먹고 또 누군가는 보리밥에 찬물을 말아 그저 담담하게 풋고추를 쌈장에 찍어먹고, 그중 달콤한 애오이를 어머니가 집어주면 아삭아삭 깨물어먹곤 했다.

그렇게 점심을 먹고 있으면 어김없이 누군가 마당을 지나갔다. 점심 안 했으면 한 숟갈 뜨고 가라고 어머니가 부르는 소리. 왜 어머니는 밥 먹고 가라고 하질 않고 꼭 한 숟갈 뜨고 가! 그랬는지. 젓갈장수나 참외장수, 보따리 옷장수들도 자주 그 점심상에 끼어들었다. 그들이 대문을 기웃거리면 어머니는 들어오라고 하고는 부엌에 가서 숟가락 젓가락 한 벌을 밥그릇과 챙겨왔다. 식구들이 무릎을 조금씩 당겨 앉고 그 사람이 끼어들곤 했다. 그러고 나면 뭔가 무료하던 점심상 자리가 돌연 활기를 띠었다. 푸성귀가 아삭아삭 씹히는 소리와 어쩌다 매운 풋고추에 걸린 사람의 하후, 소리와 보리밥에 물을 마는 소리들. 점심을 먹고 나면 지나가던 장수들은 젓갈을 조금 놓고 가기도 하고 참외를 몇 개 내려놓고 가기도 하고 그랬다.

어렸을 때 먹었던 음식을 찾기 시작하는 일은 마흔이 지나서부터인 것 같다. 어렸을 땐 싫어했던 것도 마흔 줄에 들어서면 그 냄새와 맛을 용케도 기억해낸다. 가끔 길을 가다 보면 보리밥집이 자주 눈에 띄는 것도 보리밥을 찾는 사람이 많다는 뜻일 게다. 보리밥을 먹어본 적이 없는 사람이 일부러 보리밥집을 찾진 않을 것이다. 언젠가 어떤 사람이 삼청동에 보리밥을 아주 맛있게 하는 집이 있다면서 점심에 데리고 간 적이 있었는데 자리가 없어 줄을 서서 기다리는 사람이 많았다. 비좁은 집이 아니었는데도 그랬다. 깡된장에 보리밥을 비벼먹는 사람들은 대개가 쉰이 넘은 분들이었다. 그 속에 섞여 나 역시 보리밥을 깡된장에 비벼먹는데 이 생각 저 생각이 다 났다. 아마 그 순간 나는 보리밥을 먹었던 게 아니고 어린 시절을 먹고 있는 중이었을 것이다.

태생지에서의 겨울날이면 어머니는 부엌의 가장 큰 솥에 한나절 내내 팥을 삶아 체에 일일이 걸러 팥물을 내고 또 한나절 내내 동글동글 흰 새알심을 만들어 팥죽을 끓였다. 집안에 죄다 남자들뿐이라 어린 나는 어머니 옆에 꼼짝없이 붙들려 아궁이에 불을 때주거나 주걱으로 팥물을 저어주거나 쪼그리고 앉아 손바닥을 비벼가며 찹쌀 새알심을 만들었다. 겨울날 큰 솥에서 보글보글 끓어대는 자줏빛 팥물의 열기로 인해 어머니나 나나 얼굴이 벌게지곤 했다.

꽤나 힘이 들었던지 나는 어머니가 팥죽 쑨다, 하면 벌씨 이마가 찌푸려지고 아이고, 한숨이 나오곤 했다. 우리 집 식구만 해도 여덟 손가락이 꼽히는데 어머니는 음식을 했다 하면 작은집도 갖다줘야 하고 고모네도 돌려야 하고 옆집도 퍼줘야 하는 손이 큰 사람이었다. 그 많은 양의 팥죽을 쑤려니 팥은 얼마나 많이 삶아야 하며 새알심은 또 얼마나 많이 만들어야 했는지. 팥죽을 한번 쑤고 나면 앞섶이고 뺨따귀고 간에 팥물 범벅이고 콧잔등이고 손톱이고 간에 흰 쌀가루 범벅이고 그랬다.

그렇긴 해도 팥죽을 쑤어 우선 실컷 먹고 들통에 가득 담아 뒤란에 내놓으면 심심한 겨울 한동안 얼마나 맛난 것이 되는지. 들통에 담긴 팥죽이 꽁꽁 얼면 어머니는 그걸 방 안에 들여놓는다. 방 안의 훈김으로 팥죽이 녹으면 흰 사기대접에 퍼담아주시며 아끼는 뉴슈가를 조금 뿌려주기도 하셨다. 마당에 눈이 폭폭 쌓일 때 아랫목에 발을 뻗고 앉아 문종이에 비치는 눈그림자를 보며 얼었다가 녹은 찹쌀 새알심을 깨물어먹는 맛. 그 싸함과 쫀득쫀득함을 뭐라 해야 하는지. 그 팥물의 차가운 달콤함을. 너무 녹는다 싶으면 다시 뒤란에 내놓고 너무 언다 싶으면 다시 방 안에 들여놓던 어머니.

식구 중에 몇이 서울로 나온 첫해에 김장을 해주러 올라오시면서 뭐 먹고 싶은 거 없냐고 하시길래 팥죽이라고 했다. 건성으로 말해놓고 잊어버렸는데 길을 모르는 어머니를 데리러 영등포역에 마중 나갔더니 먼저 도착한 어머니가 커다란 양은주전자를 앞에 두고 대합실에 쪼그리고 앉아 계셨다. 새로 산 거여서 뚜껑에 상표도 그대로 붙어 있던 양은주전자. 그 안에 가득 담겨 있던 자줏빛 팥죽. 이후 십수 년을 어머니는 겨울이면 팥죽을 쑤어가지고 거기에 담아 나르곤 했다. 어느 해던가 딴 일로 잔뜩 속이 상한 것을 괜히 어머니한테 화풀이하느라 그깟 팥죽 누가 좋아하느냐고 창피하다고 양은주전자 들고 서울 오지 말라고 했다. 자존심이 상한 어머니는 정말로 그다음부턴 팥죽을 안 쑤어 오셨다.

그러던 것을 여동생이 결혼해 약국을 개업했을 때 어머니는 아주 오랜만에 팥죽을 쑤어 어디다 간직해뒀던지 십수 년 전의 그 양은주전자에 담아가지고 오셨다. 그 양은주전자를 다시 만나게 되었을 때 너무 반가워서 눈물이 나올 뻔했다. 이미 먼저 온 식구들이 어머니가 쑤어 온 팥죽을 한 대접씩 받아 앞에 놓고 먹는 걸 보니 전의가 일었다. 어머니가 쑤는 구식 팥죽을 어디 가서 먹는단 말이냐. 팥죽 한 그릇을 비좁은 상 귀퉁이에 대고 한 숟갈 떠먹는데 혀가 너무 좋아했다.

자식들이 죄다 구식 팥죽 먹는 데 정신이 팔리자 고무

된 어머니가 어둔하게 앉아 있는 아버지를 향해 보쇼, 이르케들 맛있게 먹는디 이걸 못 쑤게 혀요, 하신다. 들으나마나 빤한 일이다. 분명 그 전날 밤에 아버지는 팥죽 쑨다고 밤새 잠 안 자고 종종대는 어머니에게 그걸 뭐하러 쑤어 가느냐고 퉁을 주셨을 것이고 어머니는 아버지의 퉁을 들으며 밤새 새알을 빚었을 것이다. 팥을 삶아 이개어 팥물을 만드셨을 것이다. 그랬을 것이다.

"아마 그 순간 나는 보리밥을 먹었던 게 아니고
어린 시절을 먹고 있는 중이었을 것이다."

결혼을 하기 전에는 이따금 음식을 만들고 싶어서 손이 간지러울 때가 있었다. 어느 날 아침에 눈을 떴는데 감자를 썰어넣어 갈치조림도 하고 싶고 느타리버섯이며 미나리를 곁들여 꽃게탕도 하고 싶고 대파를 썰어서 낙지볶음도 만들어보고 싶은 때가 있었다. 그런 날이면 일어나 앉자마자 여기저기 전화를 해서 친구들에게 점심 먹으러 와달라고 청했다. 혼자 사는데 음식을 만들어보았자 남으니까 기왕 만드는 거 그동안 친구들한테 못되게 군 거 만회도 할 겸 얼굴도 볼 겸 겸사겸사. 게다가 음식이란 모름지기 혼자 먹는 것보다 둘이 먹는 게 맛있지 않은가. 둘보다는 셋이, 셋보다는 넷이 모여 먹는 게 맛있다. 신바람이 나서 장에 나가 평소에 해보고 싶었던 음식재료들을 실컷 사가지고 와서 오랜만에 도마를 꺼내놓고 재료들을 씻고 다지고 썰고 찧어 이것저것 만드는 시간은 참 즐거웠다.

두부에 칼이 들어가는 순간의 느낌은 얼마나 부드럽고 아슬아슬한가. 뜨거운 물에 산낙지를 데치는 순간은 또 얼마나 긴장되고 오싹한가. 가끔 남성들에게 인생을 살면서 음식을 만드는 순간의 느낌들을 경험하지 못한다면 손해라고 강변하며 음식을 만들어보길 권하는 게 내 버릇이기도 하다.

내 생각은 아직 변함이 없다. 어렸을 때 내 아버지는 가끔 우리 형제들에게 음식을 만들어주었다. 자장면도 만들어주었고, 양념간장을 바른 돼지고기를 석쇠에 구워주기도 했다. 식구들이 모여 밥을 먹을 때 이따금 아버지는 비빔밥을 만드셨는데 이상하게 아버지가 밥을 비비면 맛있었다. 지금 생각해보면 참기름이 귀하던 때 아버지가 밥을 비빌 때만 어머니가 참기름을 한두 방울 떨어뜨려 주었기 때문인 듯싶다. 어쨌거나 우리들은 아버지가 음식을 만들어주면 제비새끼들처럼 입을 벌리고 쏙쏙 받아먹었다. 그때 참 행복하다는 생각을 했다.

지금은 전혀 음식을 만들지 않는 아버지에게 내가 그때 말을 하면 아버지는 젊은 날에 당신의 새끼들인 우리가 음식을 먹는 걸 보면 정작 당신은 무서웠다고 했다. 자그마치 여섯이나 되는 자식들이 다들 먹성이 좋으니 아닌 게 아니라 쌀독의 쌀이 푹푹 줄어드는 게 눈에 보였을 것이다. 그 무서움이 아버지에겐 살아갈 힘이었다고 한다. 하지만 우리들의 먹성만이 무서웠겠는가. 어린 나이에 전염병으로 이틀 간격으로 부모를 잃고 종가의 장손 노릇을 하며 우리 형제들을 먹이고 입히고 학교 보내며 평생을 보낸 내 아버지에겐 무섭지 않은 젊은 날이 단 하루라도 있으셨을까.

'아버지'로 상징되는 권력과 억압을 내 아버지는 전혀 지니지 못했을 뿐만 아니라 연약하기조차 했다. 그분이 세상과 대적했던 방법은 온화함과 자상함이었다. 음식을 만들 줄 아는 남자만이 품을 수 있는 인생의 노하우라고 나는 생각한다. 이따금이라도 아버지가 만들어주는 음식을 먹고 자란 아이들은 훗날 분명 행복하게 그 일을 추억할 것이다.

20대에서 30대 초반 자취 수준의 살림을 살 때 친구들을 부르면 온갖 접시가 다 끌려 나오고 젓가락은 짝이 안 맞고 상은 비좁아 끼겨 앉아야 해도 오랜만에 이 음식 저 음식 만들어놓고 앉아 있으면 시종 웃음이 터지며 즐거웠다. 오래 만나와서 이젠 밉지도 않고 이쁘지도 않은 친구들과 격식 없이 내 식대로 만든 음식은 짝이 맞았던 것일 게다. 그렇게 보내는 몇 시간이 내게도 그랬고 친구들에게도 휴식이 아니었을까. 그때나 지금이나 마음에 맞는 친구와 맛있는 거 만들어 먹으며 잘난 사람 흉보는 재미는 최고다.

그때에는 생선가게 앞을 그냥 지나가지 못하고 그 앞에 서서 각양각색의 생선들을 구경하는 게 내 취미이기도 했다. 바다를 못 보고 내륙에서만 자란 나는 저것들이 바닷속에선 어땠을꼬? 생각하는 게 즐거웠다. 온갖 상상력이 작동되면 내 어디에 지느러미라도 솟아날 듯 유쾌했다. 그러다가 지금은 얼음 위에 저렇게 납작하게 엎드려 있구나 싶어 안쓰러운 마음도 들었다.

한번도 요리를 해본 적이 없는 도미를 오로지 너무 싱싱해 보인다는 이유로 한 마리 사가지고 와서 이걸로 구이를 하나 찜을 하나 망설이고 갈등을 일으키다가 내 식대로 도미요리를 창조하기도 했던 기쁨을 결혼 후에는 잃어버린 게 여간 아쉬운 게 아니다. 하고 싶을 때만이 아니라 매일 밥상을 차려야 하는 처지에 놓이고 보니 음식 만드는 일이 기쁨보다는 노동이 되어버렸다.

그러나 오로지 잃어버린 마음만 있는 건 아니다. 입을 다물고 묵묵히 파를 썰거나 마늘을 찧다보면 수십 년 재래식 부엌에서 그 복잡한 절차를 거쳐서 끊임없이 따뜻한 음식을 만들어내던 어머니가 떠오른다. 예전에는 그냥 한순간의 어머니였는데 이제는 그 재래식 부엌에서 보낸 어머니의 전 생애가 떠오른다. 따뜻한 음식을 만들어 가족에게 먹이는 일로 전 생애를 보내신 어머니. 그래서 불행했다고 단 한 번도 말씀하신 적이 없지만, 그래서 딸인 나조차도 당연하게 여겼던 어머니의 음식 만들기가 이제야 침묵 속에서 이루어진 희생으로 다가와 마음이 복받치는 것이다. 간을 맞추다가 솥뚜껑을 열다가 군불을 때다가 얼마나 숱하게 눈물을 훔쳐내셨을까. 어머니가 쭈그리고 앉아 고구마순을 다듬거나 멸치 똥을 갈라내시던 그 재래식 부엌은 눈물이 마를 날이 없었을 것이다. 언젠가는 오로지 어머니만을 위해 음식을 한번 만들어봐야겠다. 어머니가 더 늙기 전에.

성석제

성석제

소설가. 1986년『문학사상』시부문 신인상으로 등단.
1994년 소설집『그곳에는 어처구니들이 산다』를 간행하면서
소설을 쓰기 시작했다.
소설집으로『번쩍하는 황홀한 순간』『호랑이를 봤다』『지금 행복해』
『그곳에는 어처구니들이 산다』『황만근은 이렇게 말했다』
『내 인생의 마지막 4.5초』『재미나는 인생』『조동관 약전』『홀림』
『아빠 아빠 오, 불쌍한 우리 아빠』『새가 되었네』등이 있고,
장편소설로『투명인간』『왕을 찾아서』『위풍당당』『단 한 번의 연애』
『도망자 이치도』『인간의 힘』『순정』『궁전의 새』등이 있으며,
명문장들을 가려 뽑아 묶은『성석제가 찾은 맛있는 문장들』이 있다.
한국일보문학상, 동서문학상, 이효석문학상, 동인문학상,
현대문학상을 수상했다.

묵밥을 먹으며
식도를 깨닫다

원조

묵밥이라는 걸 아시는지. 묵을 듬성듬성 채썰듯 썰어 알맞은 육수에 담아 간장과 갖가지 양념으로 간해서 먹도록 만든 음식이 묵밥이다. 주식으로는 모자랄 것 같지만 묵을 건져 먹은 뒤에 밥을 말아먹으면 한 끼로도 충분하다. 한여름 땀을 잔뜩 흘린 뒤에 찬 육수와 함께 먹는 묵밥은 수분과 염분을 보충하고 더위를 씻는 데 그만이다. 한겨울 기나긴 밤에 따뜻한 방 안에서 먹는 묵밥 또한 별미이다. 밖에서 소리 없이 눈이라도 쌓여준다면 더욱 좋을 것이고.

모든 음식에 원조가 있을 필요는 없고 원조라고 해서 맛있다는 보장도 없지만, 내가 알고 있는 묵밥의 원조는 경기도와 충청도의 경계선에 있는 어느 할머니가 만든 것이다. 경기도 장호원에서 충청도 충주로 가는 38번 국도를 따라 묵밥을 파는 집들이 좀 있다. 다른 곳에서는 묵밥이란 걸 본 적이 없는 듯하니 그 일대에 묵밥의 원조가 있을 법하고 또 그렇게 주장한다 해서 틀렸다고 부정할 방법도 없겠다. 하지만 내가 처음 먹어본 묵밥이 그 할머니가 만든 것이고 그 묵밥에 대한 기억이 너무도 강렬해서 나는 그 할머니가 자신이 묵밥을 만든 원조라고 주장하지 않더라도 악착같이 원조로 추천하고 싶다. 물론 그 할머니의 집에는 '원조'라는 간판이 달려 있지 않다. '달려 있지 않았다'고 하는 게 맞겠다. 한 번 간 이후에는 가본 적이 없으니. 아니, 가보지 못했으니.

몇 해 전 어느 나른한 봄날, 이웃에서 차를 가지고 와서 묵밥을 먹으러 가자고 했다. 묵이라는 게 도무지 먹어도 배부르지 않을 듯한 헐렁한 음식이고 반찬에 가까운 것인데, 거기에 '밥'이라는 외경스러운 이름을 붙인다는 게 나로서는 이해가 가지 않았다. 이웃의 차는 어디서 주워온 도토리처럼 차량번호판도 달아나고 없었고 바퀴가 반질반질하게 닳았는데도 갈아끼울 생각을 하지 않았다. 동네 근처에서 왔다 갔다 하는 차이니 자신의 얼굴이 번호판이라는 것이었고 바큇값이 찻값보다 더 나갈지도 모른다고 했다. 마찬가지로 두 측면경과 헤드라이트 한쪽이 달아나고 없었는데 그 역시 찻값에 필적할 만한 비용이 들 것이므로 새로 끼울 이유가 없다는 것이었다.

그런 화제로 즐거워하며 가느라 나는 미처 가는 길을 눈여겨보지 못했다. 이윽고 차가 도착한 곳은 경기도인지 충청도인지 모를 어느 곳이었는데, 그 일대는 충청도와 경기도의 경계선이 꼬불꼬불하게 서로 맞물려 있는 곳이었기 때문이다. 경기도와 충청도의 경계 어디에서나 흔히 볼 수 있는 야트막한 산 아래, 또 어디에나 흔한 개울이 길 옆으로 흐르는 동네 속으로 오목하게 50여 미터를 들어가는 곳에 묵밥을 파는 집이 있었다.

그 집은 동네의 다른 살림집과 비슷했다. 여느 살림집이 그렇듯 간판이 없었다. 문패가 있었는지 기억나지 않는다. 하여튼 마당에 들어서니 봄빛이 환하게 집을 비추어 아늑하다는 느낌을 주었다. 뒤꼍 어딘가에서 나무를 때는지 연기가 나고 나무 탈 때의 기분 좋은 냄새가 났다. 아마 묵을 쑤는 듯했다. 나는 눈을 살짝 감고 봄날의 농가에서 느낄 수 있는 고요와 정다움을 한껏 즐겼다. 그런 내 팔을 이웃이 잡아끌어 따라가니 계단이 만들어져 있었고 그 계단을 올라가니 알루미늄 문짝이 나왔다. 문을 열자 냄새의 연합군이라 할 만한 안의 공기가 밖으로 쏟아져 나왔다.

나는 코를 벌름거리며 그 냄새를 분별하느라 애를 썼다. 우선 고기를 삶은 뒤에 나는 특유의 누린내가 들어 있는 듯했다. 묵은 간장냄새도 섞였다. 메주 띄우는 냄새도 있었다. 발고린내, 땀내도 들어 있었다. 약간 매콤한, 후추처럼 즉각적으로 맵지도 않고 고추처럼 독하게 맵지도 않은, 하여간 맵다는 느낌을 주는 냄새도 났다. 담배냄새도 물론 있었다.

신발을 벗으려고 보니 먼저 온 사람들이 많아 신발을 벗어두는 곳이 복잡했다. 아니, 신발을 벗어두는 곳이 너무 좁았다. 손님이 많이 올 것이라 예측하지 못하고 만든, 그저 여염집에서 식구끼리 드나들면서 신발을 벗고 신고 하는 정도의 공간밖에 되지 않았다. 할 수 없이 신발을 문밖에 벗어두고 마루로 올라갔다. 마루에 있는 단 하나의 상은 막 농사일을 시작한 농부로 보이는 사람들이 차지하고 음식이 나오기를 기다리고 있었다. 우리는 자연스럽게 방 안으로 들어섰다.

방에는 묵은 두레상이 두 개 놓여 있었다. 그 역시 접대용은 아니고 식구들끼리 둘러앉아 먹는 밥상 같았다. 밥상 위에는 숟가락통과 양념간장이 놓여 있었는데 낡았으나마 먼지 하나 없이 청결했다. 안경 쓴 도시풍의 남자가 물을 가

져왔고 "두 분인가요?" 하고 물었다. 우리가 고개를 끄덕이
자 그는 주문을 받지도 않고 돌아갔다.

"왜 주문을 안 받지요?"

내가 묻자 먼저 와본 적이 있는 이웃은 "아, 메뉴가 한 가
진데 주문은 무슨……" 하고 대답했다.

"한 가지라니. 묵도 메밀묵, 도토리묵 두 종류인데 물어
보지도 않아요?"

"여긴 다 메밀묵이여. 도토리묵은 떫어서 묵밥으로는 잘
안 써."

"그런데 오늘은 왜 아까부터 반말이야?"

"시끄러. 알아들었으면 됐지, 반말이나 싸래기말이나."

우리는 이런 이야기로 시간을 때우며 음식이 나오기를
기다렸다. 이윽고 묵밥 두 그릇과 밥 두 공기, 배추김치가 나
왔다. 양념으로는 풋고추를 썰어 간장에 담아둔 것과 고춧
가루, 소금이 있었던 것 같다. 아, 풋고추와 된장이 있었다.
풋고추는 시장에서 흔히 볼 수 있는 것이었는데 된장은 콩
모양이 그대로 남아 있는, 집에서 만든 된장이었다. 나는 우
선 된장을 찍어 먹어보았다. 집에서 만든 것답게 아주 짰다.
묵밥의 육수는 고기를 삶아서 낸 듯 기름이 조금 떠 있었다.

"이거 고기로 만든 육수인가 보네."

"왜, 떫어?"

"그냥 그렇다는 거지, 뭐. 이거 그쪽에서 사는 거지? 공짠데 양잿물이라고 못 말아먹을까."

나는 양념간장을 듬뿍 넣고 잘 저은 다음 묵밥을 입에 넣었다. 그 맛은, 정말 내가 태어나서 처음 보는 맛이었다. 육수에서는 윤기가 돌아 허한 느낌을 줄여주었고 고추 덕분에 매콤했다. 묵은 이와 싸울 생각이 없는 듯 사락사락 입속에서 놀다가 목으로 술술 잘 넘어갔다. 무엇보다 간이 잘 맞았다. 값은 기억이 나지 않지만 아주 쌌다. 2,500원쯤?

그로부터 약 한 달 뒤, 나는 서울에서 온 진객을 맞아 이 고장의 진정한 향토음식을 맛보여주겠노라고 큰소리를 치며 묵집으로 향했다. 그러나 경기도의 길은, 말 그대로 왕도의 터(畿)가 될 농토 사이로 종횡무진 나 있어서, 제갈량의 팔진도인 양 복잡했고 지역의 토산물인 안개로 도무지 묵밥집을 찾을 수가 없었다. 나는 백배사죄하며 다음에는 꼭 그 집을 찾아내겠노라고, 다음에 꼭 오시라고 빌었다. 손님은 묵밥이라니, 그게 뭐 대단한 음식이겠느냐고 나를 위로하는 건지 우습게 보는 건지 모를 말을 하고는 표표히 떠나가서 다시는 오지 않았다.

그 뒤에 나는 길거리에서 우연히 묵밥이라는 간판을 내

건 음식점에 들어가 묵밥을 먹었다. 산뜻하고 깔끔했다. 그렇지만 내가 아는 그 맛, 식구끼리 해먹는 그 맛은 아니었다.

더 이상 그 집을 찾지 않을 생각이다. 어쩌면 없어졌을지도 모르겠다. 그래도 그 집을 원조라고 나는 생각한다. 원조라고 주장할 만한 이유가 없고 그럴 생각도 하지 않는 사람들이 만든 음식, 묵밥. 그 묵밥의 원조를 나는 맛보았다. 좋은 이웃 덕분이며 봄날의 은혜다.

식도, 또 식도, 식격, 식경, 식칼이 있는 먹음직스런 풍경

음식을 만들고 나누어 먹으며 서로 상찬하거나 돌아앉아 타박하는 것이 사람의 일일진대, 어떤 음식에든 인격이 개재하게 마련이다. 인격이 음식으로 표현되었을 때 그것을 뭐라 부를까. 식격(食格)? 이게 좋겠다. 또한 음식에서 깨달음을 찾고 먹는 데서 구원을 궁구하는 무리들이 걷는 길은 식도(食道)요, 그 무리는 식도(食徒)겠다.

밖에서 얻어먹는 일이 많은 나로서는 이 식격에 유난히 민감할 수밖에 없는데, 아무리 유명하고 맛있다고 소문난 음식이라 하더라도 식격이 느껴지지 않으면 '오리지널리티가 없는 스테레오 타입'이라고 되지도 않는 영어로 씨부렁거리곤 했다. 비싼 돈 들여 먹고 나서 투덜거리지 않으려면 먹기 전에 어떤 음식에 식격이 있는가 없는가, 또는 그 격이 높은가 낮은가, 또 내게 어울리겠는가, 황감하겠는가, 서럽겠는가를 판별할 만한 기준이 있어야 하겠는데, 그걸 갖게 되기까지 서럽고 황감하고 어리둥절한 경우를 꽤나 겪어야 했다. 근자에 그 판별 기준 중 하나를 얻었는데 그 출전은 옛적에 여행과 음식으로 일가를 이룬 정자(鄭子)다. 정자 가로되, "주막의 음식맛은 그 집(혹은 주인)의 상(相)과 주막강아지의 생김새로 알아볼 수 있다"(『식경』食經, 감정 편).

(여담이지만 정자는 『식경』에서 음식을 먹는 법, 완상하는 법에 대해서만 만 리 길을 걸으며 체득한 이론을 도도하게 펼쳐놓았다. 이는 전설적인 염제 신농씨가 『식경』에서 몸에 이로운 음식과 조리법을 박물지적으로 열거한 것과 다른 태도이다. 보통 음식에 관한 책이라 하면 흔한 게 요리책이고 어디의 음식점이 어떻게 해서 맛있다고 유혹하는, 막상 가보면 엉터리인 식당연합회 홍보지 같은 책이 많은데 오로지 먹는 방법에 대한 고찰, 먹는 동안 인격을 도야하는 그윽한 대자연인의 경지를 논했다는 점에서 『식경』은 과연 '경'이라는 이름을 얻을 만하다고 여긴다.)

이 구절에 대해 주를 단 저간산(沮看山)은 "상(相)은 상(狀), 상(常)에 두루 통한다. 괴이하거나 후덕하거나 치우침을 뜻하는 것이 아니다. 스스로의 몸을 닦아서 드러내는 청결함, 불필요한 장식으로 미혹에 빠지지 않게 함으로 충분하다. 주막 강아지가 말랐으면 그 집의 음식은 대체로 아름답다. 손님과 주인이 음식을 남기지 않아 강아지가 비루먹은 것이다"라고 했다. 이 구절을 접한 이후 나는 음식점에 갈 때 피치 못할 경우를 제외하고는 집과 주인의 관상부터 먼저 보게 되었다.

> "그 얼굴은 자신의 인생을 살아온 사람만이
> 가질 수 있는 얼굴이었다."

언젠가 '묵집의 원조'에 다녀온 일을 이야기 삼아 꾀죄죄하게 글로 썼더니, 그 글을 실었던 잡지의 편집자에게서 연락이 왔다. 이리공저리공하여 그 원조 묵집의 주인이 연락을 해왔다는 것이며, 내가 도무지 한 번 가보고 찾지 못했다는 말을 듣고는 안타까워하며 내 연락처를 묻더라는 것이다. 내가 연락처를 알려줘도 상관없다고 하자 이윽고 그 원조 묵집의 주인장에게서 전화가 왔다. '그 원조 묵집이 바로 우리 집인데 진짜 원조가 맞노라, 한번 와서 옛적의 맛을 확인하는 것이 어떠하냐'고 자못 상쾌하게 제의하는 것이었다. 그는 내게 자세한 지리를 가르쳐주었다. 나는 그 집이 내가 이따금 지나치던 길가에 있는 집인 줄 새삼 깨닫고 한번 가마고 대답했다. 그렇지만 일부러 가기에는 도시 쑥스러웠고 지나칠 일도 없어서 그냥 머릿속에 담아두었다.

그러던 중 2월 어느 날, 먼 길을 갔다가 돌아오는 길에 조금 돌아서 그 집으로 가보게 되었다. 내 동행은 음식이라면 못 먹는 게 없는데 그중 맛있는 거라면 불원천리하고 갈 태세가 되어 있는 모범적인 '식도'(食徒)였다. 그와 동행한 사흘 동안 이런 일도 있었다.

내가 아는 곳에 칼국수를 잘하는 집과 콩나물밥을 잘하는 집이 200~300미터를 사이에 두고 나란히 있었다. 아침은 또 다른 기념할 만한 해장국집에서(이 해장국집의 해장국은 한마디로 세계적 수준인데, 그 수준은 무차별적이고 값싼 서민성이 세계 어디에 내놓아도 꿀리지 않는 데서 기인한다) 먹고 점심때까지 일을 본 뒤 두 식당이 있는 곳에 도착했다. 그러고는 두 집 사이에서 한참을 고민한 끝에 콩나물밥집에 가서 콩나물밥을 먹었다.

그런 다음 다시 150여 킬로미터나 되는 거리를 차로 돌아다니며 일을 보다보니 어느덧 저녁 무렵이 되었다. 그는 문득 칼국수를 먹으러 가자고 청해왔다. 내가 점심때 한꺼번에 두 가지를 먹지 못해 한탄한 사실을 기억하고 있었던 것이다. 나는 그의 배려가 눈물날 정도로 고마웠다. 그래서 우리는 백 리 길을 멀다 하지 않고 다시 돌아가 칼국수를 먹었다. 이러니 내가 그를, 어제도 오늘도 내일도 여일하게 식도(食道)를 걷는 도반이라 아니할 수 있으랴.

각설하고, 원조 묵집은 내가 기억한 대로 어느 아늑한 산 아래 동네에 있었는데, 그 마을 이름은 대략 경기도 안성시 일죽면 산전리였다. 산전리에는 상산전리와 하산전리가 있는데 어느 쪽이었는지, 길눈 어두운 이 인간은 기억할 수 없다.

그 집을 찾고서도 조금 헷갈렸는데, 전에 있던 담을 허물고 마당을 주차장으로 삼아서 그런 듯했다. 그 외는 근처의 다른 집과 다를 바 없는 농가의 상이었다.

동행이 차를 대는 사이 주춤거리며 가서 알루미늄 문을 열었다. 안쪽에 있던 안경 쓴 사람이 나를 보고는 "어서 오세요!" 하며 명랑하고 친근하게 인사를 하는 것이었다. 아이고, 그 순간 나는 잡지에 글을 쓴 사람이 나란 걸 알아본 줄 알았다. 그러나 그 사람은 나에게만 그러는 게 아니고 내 뒤를 따라오는 동행에게도 똑같은 어조, 태도로 인사를 했다.

마루에는 상이 두어 개 있었고 방에도 상이 세 개 붙여져 있었으며 왼쪽이 주방이었다. 우리는 방으로 들어가 앉았다. 내가 앉은 벽 위쪽에 젊은 신랑신부의 결혼식 사진이

걸려 있는 게 인상적이었다. 아마 그 신랑이 내게 인사를 한 사람인 듯했다. 사진에는 없는 아기가 마루에서 할아버지와 나란히 누워 콜콜 자고 있었다.

방을 둘러보며 앉아 있는데, 젊은 주인이 물을 가져오더니 "묵밥 두 개요?" 하고 물어왔다. 우리가 고개를 끄덕이자 그는 주방 쪽으로 나갔다. 묵은 자개장이 벽 하나를 차지하고 있었고 방바닥은 식탁과 마찬가지로 깨끗했다. 점심때라 그런지 우리 뒤를 이어서 다른 손님들이 한 무리 들어왔다. 곧 방과 마루의 상은 손님들로 그득하게 되었다. 할아버지가 일어나더니 어디론가 사라졌다. 아기는 그대로 자고 있었는데 손님들이 아기를 들여다보며 귀엽다, 많이 컸다, 예쁘다 하며 한마디씩 했다.

사진에 나오는 신부로 보이는 여인이 묵밥을 날라 왔다. 동치미와 썬 김치, 고추양념이 반찬이었다. 넉넉하게 썰어 넣은 묵밥 위에는 김과 썬 김치가 고명으로 얹혀 있었다. 묵밥을 먹기 전에 맛본 동치미는 약간 짜고 또 썼다. 덮어놓고 입에 달라붙는 공연한 애교가 없어서 좋았다.

우리 옆의 손님들은 반주로 소주 한 병을 시켜 나누어 먹어가며 식사를 했다. 단골인 모양인지 주인과 "할머니는 잘 계시느냐?" 하는 등의 인사를 나누었다. 들자하니 원조 묵밥의 창시자인 할머니는 아흔 살이 넘었는데, 아직도 부엌에 나오신다고 한다.

맛은 전반적으로 전에 먹었던 것보다 강했다. 이는 양념을 넣기 나름이겠다. 소 무릎도가니로 우려냈다는 육수는 따라나온 밥을 말아먹기에는 조금 모자라는 듯한 느낌이었다. 전체적으로 양이 좀 많은 것 같았는데 의외로 수월하게 그릇이 비었다. 조심스럽게 동행에게 맛을 물었더니 "별미로 먹을 만하다"고 긍정적인 대답을 했다. 손님이 자꾸 닥쳐서 오래 지체할 수가 없었다.

"두부를 판다고 하셨지요?"

전화로 두부도 있다고 한 게 기억나, 계산을 하려다 물었다. 젊은 주인은 그렇다고 했다. 두 모쯤 사가겠다고 하자, 부엌 안쪽에서 식칼을 든 노인이 나왔다. 나는 그 노인이 원조 묵밥의 창시자인가 싶어 바짝 긴장했다. 그러나 그러기에는 젊어 보였다. 몸뻬를 입고 있었고, 얼굴의 선이 강인했으며, 어딘가 모르게 기품이 있었다. 진작 그 노인의 상을 보았더라면 그 집의 음식에 대해 짐작할 수 있었을 것이다. 그 얼굴은 자신의 인생을 살아온 사람만이 가질 수 있는 얼굴이었다.

"두부가 좀 비쌉니다. 집에서 만드는 것이 돼놔서……."

노인은 경기도 특유의 아름답고 군더더기 없는 말씨로 말했다. 그리고 보니 묵밥은 한 그릇에 3,000원인데 두부는 한 모에 3,500원이었다. 그렇지만 비싸다는 생각은 들지 않았다. 그 두부는 자신감과 오랜 경험에서 만들어진 특별한 두부였다. 나중에 동행에게 들으니 아주 맛있었다고, 그날 밤에 다 먹었노라고 했다. 그러면 그렇지.

공선옥

공선옥

소설가. 1991년 계간『창작과비평』겨울호에 단편「씨앗불」을 발표하며
작품 활동을 시작했다.

장편소설로『오지리에 두고 온 서른 살』『시절들』
『수수밭으로 오세요』『붉은 포대기』『유랑가족』『내가 가장 예뻤을 때』
『영란』『그 노래는 어디서 왔을까』등이 있다. 소설집으로는
『피어라 수선화』『멋진 한세상』『명랑한 밤길』등을 펴냈고,
산문집으로는『자운영 꽃밭에서 나는 울었네』『마흔에 길을 나서다』
『행복한 만찬』등이 있다. 1995년 제13회 신동엽창작기금을 받았으며,
2009년도에는 만해문학상과 오영수문학상과 가톨릭문학상,
2010년에는 제비꽃서민소설상,
2011년에는 요산김정한문학상을 수상했다.

밥으로 가는
먼 길

　언젠가 경북 봉화 땅엘 간 적이 있다. 거기 예쁜 소년 둘이 할머니와 살고 있었다. 집은 오두막이었다. 이제 열세 살, 열네 살 연년생 형제는 할머니와 고추밭을 일구며 살고 있었다. 그들 가족의 생계수단은 오직 산비탈 밭에 일군 고추뿐이었다. 소년들은 학교 갔다 오면 옷 갈아입고 고추밭으로 달려갔다. 소년네는 고추를 팔아 쌀을 사고 반찬을 사고 소년들의 학비로 썼다. 그러나, 소년네가 먹는 밥은 쌀밥이 아니었다. 쌀과 감자와 조가 반반씩 섞인 밥이었다. 처음에는 그런 줄 알았다.

　그러나 다음에 갔을 때 소년네가 먹는 밥에는 쌀이 섞여 있지 않았다. 조와 감자만으로 이루어진 밥을 소년네는 먹고 있었다. 말하자면 지난번 내가 본 밥은 특별히 손님이 왔을 때만 짓는 밥이었다는 것을 나는 그제야 알았던 것이다. 소년네를 어느 사진작가가 잡지에 소개했다. 세상에, 이 시대에도 감자밥, 조밥을 먹는 사람들이 있다니. 소년네를 소개한 글을 보고 세상 사람들이 도움을 주고자 소년들의 집에 왔다. 그 사람들 중에는 교회 사람, 사회복지사, 방송국 사람들도 있었다.

그런데, 이 소년들이 도움을 주고자 온 사람들을 거부했다. 아니, 사양했다. 이유는 단 하나, 도움을 받아서 그들이 쌀밥을 먹기 시작하면 이후에는 절대로 조밥, 감자밥 먹기 싫어질 것 같아서였다고 했다. 남의 도움 받아 쌀밥 먹기 시작하면 할머니가 해주시는 조밥, 감자밥 무시하는 마음 생길 것 같아서라고. 우선 먹기에는 쌀밥이 좋지만, 그래도 소년들은 할머니가 해주시는 조밥, 감자밥이 더 소중하다고. 소년들에게 밥은, 그냥 밥이 아니라, 할머니의 사랑이었다. 할머니의 눈물이었다. 그리고, 그리고 그냥 할머니였다.

소년들은 세상 사람들의 도움을 받아 쌀밥도 먹고 더 나은 환경에서 공부를 할 수도 있지만, 그러다보면 할머니 사랑을, 더 나아가 할머니 존재를 그들이 잊어버릴 것이 겁났던 것이다. 그리고 그때 경북 봉화 산골의 그 소년들이 내게 가르쳤다. 밥은 사랑이라고. 그것이 아무리 조밥, 감자밥이라도, 돈으로는 살 수 없는 사랑으로 만들어진 밥이니, 그것이 어찌 사랑 없는 쌀밥보다 귀중하지 않겠느냐고. 그리하여 소년들은 쉽게 얻을 수 있는 쌀밥의 길을 거부하고 오늘도 조밥, 감자밥으로 가는 먼 길을, 그 거친 길을, 그 험한 길을 타박타박 걸어가고 있는 것이다. 거칠고 험하지만 당당한 길을.

봉화의 소년들에게 밥으로 가는 길이, 한 그릇의 밥을 얻기 위한 그 길이 당당한 길이라면 내가 만난 전라도 곡성의 '오두막집 할머니'에겐 정직한 길이었다. 내가 곡성 살 때인데, 해도 지고 어두운 저녁에, 아이를 들쳐 업고 동네 한 바퀴를 돌다 그 집을 발견했다. 전깃불도 켜지 않은 산 밑 오두막집. 그 속에서 문득 사람 소리가 났다. 귀신인 줄 알았다. 놀라서 들어가 보니, 머리가 하얀 조그만 할머니가 저녁을 먹고 있었다. 반찬이라곤 오직 토장국 하나. 거기에 밥을 말아 먹고 있었다.

내가 들어가니 할머니가 밥을 내민다. 같이 먹자고. 할머니는 평생을 그렇게 토장국 하나에만 밥을 먹고 살아왔다고 했다. 이 세상에서 맛난 것은 오직 보리밥 한 그릇과 토장국

한 사발. 세상의 온갖 맛나다고 하는 것도 할머니는 맛있는 줄 모르겠다 했다. 하루종일 뙤약볕 밑에서 일하고 집에 돌아와 어둠 속에서 흙 묻은 손으로 먹는 보리밥 한 그릇이 할머니한테는 그 어느 진수성찬보다 맛있다고 했다. 피가 되고 살이 되는 말 그대로 할머니의 목숨줄이라고 했다.

> "우리 아버지는 정말로 쌀독아지에 쌀이 없어
> 천지사방 헤맸지마는 나는 내 영혼의 쌀독아지에
> 쌀이 비어 헤매고 있는 것이다."

토장국 만 밥 한 그릇 먹고 물 한 사발 마시면 할머니는 그대로 잠자리에 들었다. 그리고 해 뜨면 일어나 다시 토장국에 보리밥 먹고 밭으로 일하러 나가고 밤이면 돌아와 어둠 속에서 토장국에 밥 먹고 잠자리에 드는 할머니의 삶이라니. 할머니는 밭에 토장국 만들 콩을 심고 보리밥 만들 보리를 심고 가꾸었다. 그리고 그것으로 먹고살았다.

할머니는 이 세상의 어떤 음식도 필요치 않았다. 이 세상의 어떤 장식도 필요치 않았다. 그냥 불 때서 밥을 짓고 그 밥솥에 토장국을 얹어 쪄내고 그 불 땐 부뚜막에 걸터앉아 밥을 먹고 그 불 때서 따뜻한 방에 들어가 잠자리에 드는 것. 아, 한 그릇의 밥과 반찬은 그냥 할머니의 일생이었다. 그리하여 그때 할머니가 내게 가르쳐줬다. 토장국 한 가지에 밥을 먹는 사람은 세상에 죄 지을 일이 없다는 것을. 세상의 죄란 죄는 진수성찬, 산해진미 찾는 사람들이 짓고 산다는 것을. 산짐승들은 세상에 딱 한 가지씩만 먹고살기 때문에 '죄 없는 짐승' 소리를 듣지 않는가. 당당하고 정직한 길, 그것이 밥으로 가는 길이었다. 아니 밥으로 가는 길이어야만 했다. 그러나 한 그릇의 밥을 얻기 위하여, 또 어떤 이들은 그 얼마나 비굴해지는가, 그 얼마나 남루해지는가, 그 얼마나 치졸해지는가. 그리하여 나는 오늘 내가 먹는 이 밥 한 그릇은 당당함으로 얻은 밥인가, 비굴함으로 얻은 밥인가, 묻게 되는 것이다. 아니다. 그보다 앞서, 어렵게 얻은 밥인가, 쉽게 얻은 밥인가, 절로 묻게 되는 것이다.

밥을 생각하면, 어린 시절의 풍경이 떠오른다. 아홉 살 겨울에 우리 집에 쌀이 떨어졌다. 진짜로 쌀독에 쌀이 하나도 없어서 빈 독을 열어보면 서늘한 기운이 확 얼굴로 끼쳐왔다. 그것은 정말이다. 쌀이 그득한 쌀독에서는 훈김이 돈다. 그것은 말하자면 절망과 희망의 기운이다. 쌀독은 보통 독보다 크고 허리 부분이 부풀어 있고 울퉁불퉁하고 매끄럽지 않고 검은빛이 났다. 우리는 그것을 '쌀독아지'라고 불렀다.

우리 집은 논이 없었다. 논이 없는 집의 가장인 우리 아버지는 논을 마련할 돈을 구하러 제 살던 곳을 떠나 대처를 떠돌았다. 안정적으로 밥을 제공해줄 수 있는 논, 가족의 목숨줄을 마련하기 위해 내 아버지는 그렇게 천지사방을 떠돌고 남은 가족들은 산밭을 일구어 '밭벼'를 심었다. 일명 '산두쌀'이다. 쌀밥은 먹고 싶은데 논은 없고 그리하여 밭에라도 쌀을 심는 산골사람들. 산두쌀은 논 없는 농촌사람들의 쌀을 구하기 위한 일종의 고육지책이다. 몸부림이다. 모르는 사람들은 쌀은 모두 논에서만 나는 줄로 알겠지만, 쌀은 때로 그렇게 밭에서도 난다.

산두쌀을 거두어들이는 산비탈 밭에서 내려다보이는 저 아래 들판, 그 황금들녘에서 우마차에 나락더미를 실어나르는 사람들을 나는 그 얼마나 부러워했던가. 그러면서 얼마나 외로워했던가. 논이 많은 집 아이들은 나처럼 외롭지 않았다. 그 아이들은 일꾼들이 우꾼우꾼하는 들판을 뛰어다니며 메뚜기를 잡았다. 나락더미 위에서 몸을 굴려 놀아도 되었다. 논이 많은 집 아이들은 어린 시절을 '놀이'로만 채워도 좋았다. 그러나 논이 없는 집 아이들은 '일'뿐이었다.

엄밀히 말하자면 일이 아니라 노동이었다. 밥은 늘 공포였다. 아니다. 밥이 공포가 아니라 밥때가 공포였다. 가난이 공포가 아니라 배고픔이 공포였다. 그런데도 지금에 와서는 그 시절이 하나도 불행하지 않았다고 여겨지는 것은 왜일까. 나는 지금도 말할 수 있다. 그때 나, 배는 고팠지만 가난하지는 않았다고. 배는 고프지 않지만 가난한 지금에 비한다면.

각설하고, 하여간 산두쌀을 어머니하고 '외롭게' 베어다가 머리에 이어 날라서는 홀태에다 훑었다. 적막한 가을 한낮, 어머니와 홀태에다 산두쌀 훑던 날, 내가 먹은 것은 소금물에 담가 떫은 맛 우려낸 땡감 몇 알. 그래도 곧 쌀이 생긴다는 생각에 산두쌀 훑는 날은 배고프지 않았다. 쌀독아지에 쌀 그득할 것만 생각해도 배가 불렀다.

산두쌀은 봄이 오기 전 동이 나기 십상이었다. 왜 아니겠는가. 밭에다는 산두쌀뿐 아니라, 콩도 심어 먹어야 하고 고구마도 심어 먹어야 하고 무·배추도 심어 먹어야 하는데. 그것들의 한 귀퉁이에 심은 산두쌀은 그 콩, 그 고구마, 그 무로밥을 지을 때 아, 이것이 밥이로구나, 여겨지게끔 한 주먹씩만 넣어 먹었는데도 그렇게 쉽게 떨어졌다. 고구마는 아직도 '겁나게' 남아 있는데, 아깝고 아까운 산두쌀은 진짜로 새모이만큼씩만 넣어 먹었는데도 언제 없어졌는지 모르게, 꼭 누가 훔쳐간 모냥으로 없어져버렸다. 아, 그 서러움이라니.

정월 보름 지나 2월 어느 날, 맘씨 좋은 '봉동할머니' 댁에서 쌀을 가지러 오라 하였다. 어머니와 호야를 켜들고 양은물동이 이고 갔다. 봉동할머니 댁은 대나무밭 너머 응달에 있었다. 그날사 눈이 왔다. 눈 내리는 어둔 밤길을 양은물동이에 쌀을 담아 이고 오다가 그만 응달에서 미끄러졌다. 어둠 속에서 어느 게 쌀이고 어느 게 눈인지, 손이 곱아서 움직거려지지도 않는데 퍼담고 퍼담았다. 땅이 풀릴 무렵, 그러니까, 그날은 아침부터 밤까지 고구마만 먹었던 날, 나는 그때까지도 미련을 버리지 못하고 내가 쌀을 엎었던 곳에 가서 흙을 파보았다. 쌀은 흔적도 없었다. 참새가 와서 다 주워 먹은 것이리라.

홑바람으로 나와서 씩씩거리며 흙을 파내고 있는 나를 솜바지 입은 '논 많은 집 아이'가 물끄러미 쳐다보고 있었다. 그 아이가 뭐하느냐고 물었다. 나는 얼굴이 벌게져서 파낸 흙을 다지기라도 하듯이 콩콩 뜀뛰기를 했다. 그 아이도 나를 따라했다. 그 아이는 그날을 기억할까. 왜 내가 그날, 파낸 흙 위에서 뜀뛰기를 했는지를 짐작이나 할까.

내가 열 살 때, 선생님이 일기검사를 하다가 나를 불렀다. 야, 공선옥 너는 어떻게 된 게 맨날 먹는 얘기뿐이냐, 인마. 아침 먹고 점심 먹고 저녁 먹고라면 내가 이해를 한다. 저 하늘에 날아가는 새가 통통허니, 허벌나게 맛이 있겠구나, 저 새를 잡아다가 털을 뽑아서 꾸워먹으면 얼마나 꼬수 까. 아이들이 웃었다. 선생님은 웃지 않았다. 그리고 본격적 으로 짐승 함부로 먹는 아이들을 색출해내기 시작했다.

"개구리 꾸어묵는 놈 손들어."

아무도 손을 들지 않았다.

"개구리 꾸어묵는 놈을 본 놈은 손들어."

조재선이가 손을 들었다.

"누가 꾸어먹었느냐?"

"이오복입니다."

"이오복 일어나."

"선생님, 조재선이는 비암 꾸어묵었는디요."

우리가 '꾸어'먹고 싶어 하고, 또 먹었던 게 어찌 새니, 개구리니, 뱀뿐이었겠는가. 머스매들은 수렵족이요, 가시내 들은 채취족, 이름하여 수렵채취로 어린 목숨들을 연명하고 있었던 것을.

그러나, 선생님은 말씀하셨다. 선생님은 천상 교육자였 으므로 교육자적인 태도로, 교육적인 말씀을 아니 할 수 없 었을 것이다.

"아무리 미물이라도 함부로 해치면 안 되는 것이다. 창공 을 날아가는 새를 보면 너희들도 이담에 커서 새처럼 이 넓은 세계를 향해 나는 꿈을 키워야지, 잡아먹을 생각이나 하다니, 그래 가지고 어떻게 큰사람이 될 수 있겠느냐. 그리고 다시 한 번 말하지만, 아무리 미물이라도 함부로 밟고 죽이는 짓을 하는 사람이 이 다음에 커서 무슨 짓을 하겠니. 개구리 보면 밟고 죽이고 그걸 작대기에 꿰어들고 가는 놈들을 보면 나는 교육자로서 아주 실망이 크다. 그런 사나운 마음을 가지고 앞으로 어른이 되면 무슨 짓을 하는 사람이 될지 걱정하지 않을 수가 없는 것이다."

그렇게 말씀하셨던 선생님은 그래도 내가 가르침을 받았던 선생님들 중에 가장 좋은 선생님으로 기억되는 분이다. 더러는 교육자적인 훈계로서 끝내지 않고 아이들이 '수렵'하고 '채취'한 것들을 압수해가는 선생님도 계셨던 까닭이다. 압수해가는 게 문제가 아니라, 바로 그분들이……

어쨌든, 내가 제일 좋다고 여겼던 선생님의 가르침대로 나는 '순한 마음'을 가지고 '착하게' 살고 싶었다. 그러나 현실이 그렇게 살도록 허락하지 않았다. 그때 나를 포함하여 개구리 잡아먹고 뱀 잡아먹고, 나는 새 보고 잡아먹고 싶어했던 아이들은 마음이 사나웠던 게 아니라, 배가 '사납게' 고팠던 것이다. 기억나진 않지만 그날 밤에 나는 아마 이런 일기를 쓰지 않았을까. 여전히 고구마밥 혹은 무밥 먹고 허전

한 배를 방바닥에 깔고서.

'나는 앞으로 저 하늘에 날아가는 새를 잡아먹을 생각을 절대로 하지 않는 착한 어린이가 되겠습니다.'

그러나, 개구리 잡아먹었던 이오복이는 그날 밤 집에 가서 나처럼 착한 사람 되겠다는 일기를 쓰지 않았던 모양이다. 그 후로도 나는 이오복이가 개구리 잡아먹는 모습을 수도 없이 보았기 때문이다.

내가 열두 살 나던 해 중복 무렵, 어머니가 농약을 잘못 쳐 나락이 다 꼬실라졌다. '묵갈림'이라고 일종의 소작인데 농사를 지으면 논주인과 일정한 비율로 나누기로 약속하고 모를 심은 논에 어머니가 그만 멸구약인 줄 알고 강력 제초제인 '그라목손'을 쳐버린 것이다. 10리 신작로 길을 타박타박 걸어 집으로 돌아오고 있는데, 자전거를 타고 먼저 집으로 갔던 동네 아이가 전속력으로 자전거를 몰고 나한테 와서는 딱 한마디를 내뱉고는 다시 자전거를 몰고 가버렸다.

"야, 선옥이 느그 엄마 논에서 실성해부렀어야."

그 아이가 나를 놀려먹으려고 그런 줄 알고 할래할래 걸어가다가 나는 그 처참한 광경을 보고 말았다. 다른 논들은 이제 한창 물이 오른 벼들이 짙푸르게 넘실거리는데 우리 논만 누렇게 떠 있고 어머니가 논두렁에 주저앉아 통곡을 하고 있었던 것이다. 그 광경을 보는 순간 논만 노란 게 아니라 하늘조차 노랬다. 아버지가 서울로 돈을 벌러 갔기 때문에 딸만 셋인 우리 집에서는 어머니와 우리 세 딸이 농사를 지을 수밖에 없었다. 그래서 다른 집들은 남자들이 농약을 치는데 우리 집은 어머니가 칠 수밖에 없었고 글자를 잘 모르는 우리 어머니는 그만……

그해는 유난히 가뭄이 심했다. 논 옆 냇가에도 물이 말라 있었다. 그래도 어머니와 나는 말라붙은 내를 파고 또 파서 물이 고이면 그 물을 누렇게 떠버린 논에다 퍼부었다. 손바닥 껍질이 갈라지고 피가 나도록 파고 또 팠다. 흙탕물이 숫제 핏물이었다. 아, 밥 한술 얻기가 그다지도 힘들다는 것을 나는 그해 그라목손 쳐서 꼬실라진 논에 물을 퍼부으며 확실하게 알았다.

그해 가을, 꼬실라졌어도 군데군데 우리가 물 퍼부은 자리의 벼들은 살아나서 못나마나 열매를 맺어주었다. 그때 어머니가 그랬다.

"저것이 나락이 아니라 우리 딸 피다."

민주주의는 피를 먹고 자라는 나무라 했던가. 거기에 빗대어, 밥은 때로 피를 바치고서야 내게로 오는가. 어디 피뿐이겠는가. 이 땅의 쌀, 이 땅의 밥을 지키기 위하여 지난 추석날 이국에서 목숨을 바친 농민 이경해 씨가 아니더라도 지금 이 순간에도 숱한 사람들이 목숨 내놓고 목숨을 사수하고 있는 현실인데.

'아사투쟁'이라고 요즘 말로 하면 단식투쟁인데, 아사투쟁으로 아사할 수밖에 없었던 이들 모두가 실은 밥을, 정당한 밥을, 당당한 밥을, 정직한 밥을 위하여 모든 정당하지 않은 밥, 당당하지 않은 밥, 거짓된 밥과의 투쟁을 벌였던 것이 아니겠는가. 그리하여 역사는 '밥을 향한 투쟁'의 역사에 다름 아니다.

내가 아는 선배 문인의 전언에 의하면 그 부친께서는 북쪽에서 일컫기를 혁명열사요, 남쪽에서 일컫기를 적색분자였던 바, 좌우대립의 시기 남쪽군에 의해 죽임을 당하셨는데 낮에는 남쪽, 밤에는 북쪽 세상이던 그 어느 어지러운 세월의 한때, 어디선가 쌀이 보내져 왔더란다.

그 조부께서 말씀하시기를, 내 입에 들어가는 밥 한 숟갈이 인민의 피 한 사발이라 하여 꿈에 보기도 힘들 그 쌀을 의연히 돌려보내셨다 했다. 그렇게 쌀을 돌려보내놓고 배고파 우는 어린 손자 울음을 달래느라고 선배 문인의 조부께서는 손자를 무릎에 앉히시고 가부좌의 오연한 자세로 사서삼경을, 대학을, 중용을, 아침부터 밤까지, 날이 새고 밤이 지도록 '독경'하시었다는 것이다. 그리하여 나의 선배 문인께서는 지금도 밥을 허투루 대할 수가 없다 했다. 기독교식이 아니라, 한 그릇의 밥을 앞에 두고서 독경 내지는 염불 내지는 묵념 한자락 바치는 마음이 절로 생긴다는 거였다. 내 입에 들어가는 이 밥 한 숟갈이 인민의 피 한 사발이니……

나는 요즘도 이따금 우리 집이 논을 사는 꿈을 꾼다. 우리 고향 인근에서 제일 기름진 '살푸쟁이' 논, 그 알짜배기 논이 우리 논이 되는 꿈. 그 논에서 아버지·어머니가 농사 짓는 행복한 꿈. 우리 논이 된 살푸쟁이 논에서 누런 나락이 파도처럼 넘실대는 꿈을 꾸고 난 아침이면 왜 그리도 가슴이 쓰라려 오는지. 하여, 나는 아직도 세상에서 가장 행복한 것은 논을 가지는 것이다.

우리 아버지 평생을 그 논 한 마지기 마련하기 위해 천지사방 헤매다가 결국 그 논 한 마지기 내 것으로 하지 못하고 세상 떠나신 것이 아버지의 자식인 내 한이 되고 원이 되었다. 그 논에 모를 내고 거름을 주고 나락을 베어 이윽고 쌀을 만들어 내가 지은 쌀 내 자식 입에 들어가게 하는 것, 내 아버지 대에서 보지 못한 그 '좋은 꼴'을 내 대에서라도 보고 싶은 내 열망은 그러나 아직까지도 이루어지지 않고 있으니, 나는 지금도 내가 먹는 밥, 내 자식들이 먹는 밥이 영 '아심찮은 밥'이 될 수밖에 없다.

　살푸쟁이 논에서 난 쌀로 지은 밥이 아닌 밥은 내게는 모두 먹어도 먹어도 배부르지 않은 밥이 될 수밖에 없는 것이다. 먹어도 먹어도 피가 되고 살이 되는 밥이 될 수가 없는 것이다. 그러나 지금, 내 고향에 살푸쟁이 논은 없어져버렸다. 그 논 위에 농공단지가 들어서버렸다. 논은, 쌀은 더 이상 돈이 되지 않기 때문이다. 밥보다 돈이 더 귀중한 세상이 되어버렸기 때문이다. 아직도 밥에서 단 한 발자국도 나아가지 못하고 있는 나 같은 사람은 그래서 헤맬 수밖에 없다. 나의 살푸쟁이, 나의 살푸쟁이 쌀, 내 육신과 내 영혼을 살찌우는 나의 살푸쟁이 논에서 난 쌀로 지은 밥 한번 먹고 싶어 내 아버지처럼 천지사방 헤맬 수밖에 없다. 우리 아버지는 정말로 쌀독아지에 쌀이 없어 천지사방 헤맸지마는 나는 내 영혼의 쌀독아지에 쌀이 비어 헤매고 있는 것이다. 내 살푸쟁이가 없어져버려서.

　아, 밥으로 가는 길은, 명실상부하게 피가 되고 살이 되고 안식이 되는 밥을 향해 가는 길은 지금도 내게는 너무 멀고 험한 길임에 틀림없다. 내게 밥 줄 사람, 거기 누구 없소?

최일남

최일남

소설가·언론인. 1953년『문예』에「쑥이야기」로 등단.
창작집으로『서울사람들』『누님의 겨울』『아주 느린 시간』
『흐르는 북』등이 있고, 장편소설로『하얀 손』『덧없어라 그 들녘』
『만년필과 파피루스』등이 있다.
이상문학상, 한국일보문학상, 인촌문화상, 오영수문학상,
한무숙문학상, 장지연언론상 등을 받았다.
2023년 5월 향년 91세로 세상을 떠났다.

전주 해장국과
비빔밥

거시적 안목을 기르기 위해서는 미시적 관찰 단계를 쌓고 거쳐야 한다. 덮어놓고 일을 크게 벌이기보다는 작은 일부터 차근차근 일궈 나가야 한다는 상식도 같은 이치에서 지당한 말씀이다.

어떤 사물의 실체를 파악하는 데 있어서도 남들이 허술하게 보아 넘긴 대목을 유심히 살피다가 의외로 괜찮은 수확을 거두는 예가 많다. 반드시 이만한 전제를 두고 대한 것은 아니지만 초창기 남북고위급회담을 취재하러 평양을 다녀온 기자들이 쓴 글을 볼 때마다 그런 관점에서 아쉽다는 느낌이 가끔 들었다. 그쪽에서 보여주는 느낌이 항상 똑같고 말투마저 엇비슷한 상황에서 색다른 시각을 뻗치려야 뻗칠 도리가 없었을 터이다. 정해진 코스 밖으로는 한 발짝도 떼지 못하게 하는 데다 동원된 인민 외엔 말도 못 붙이게 하는 판이니.

하지만 그 속에서도 단련된 기자의 눈은 어디가 달라도 다르다는 대목이 없을 것인가. 하찮은 꼬투리에서 찬찬히 그들 삶의 일단을 냄새로나마 호흡하여 서서히 전체로 다가가는 붓놀림이 말이다. 이를테면 만찬회 때 음미한 진수성찬의 맛을 독자를 대신해 전할 수도 있을 게다.

그러고 보면 지금까지 그런 기행문이 드물었다. 음식이야말로 그 사람의 지역성 내지 동질성 여부를 가장 잘 표현하는데도 먹는 것은 우리와 같다는 선입관 때문에 대충 훑고 넘어가기 일쑤였다. 물론 그건 다 과시용이고 기본 식량마저 부족한 현실을 떠올리는 것이 더 중요한 마당이긴 한데 우선 확인한 소재를 세밀히 요리하는 솜씨 또한 보고 싶었다.

회담이 거듭되면서 이런 미흡함을 덜어준 기사를 만난 건 그러므로 개인적인 처지에서 다행이었다. 한 기자는 썼다. 호화찬란한 만찬 음식을 마다하고 된장에 달래를 넣어 끓인 '다래장'을 맛있게 비운 다음 한 그릇을 더 요청했다고. 그러자 젊은 남자 접대원이 감탄조로 말하더란다.

"북남이 갈라졌어도 식성만은 똑같군요."

당연하다면 당연한 싱거운 반응을 가지고 유별난 의미 부여를 할 것까지는 없다. '남쪽 남자들'이 정력 음식을 너무 바친다는 소리도 새삼 희한할 게 없고, 먹어본 사람마다 북한의 '단고기'가 단연 세계 제일이라는 품평은 차라리 고소를 머금게 한다. 보신탕과 백숙과 무침이 고작인 우리네요리에 비해 그쪽은 우선 종목부터 다양하다. 보쌈·간묵(간을 묵처럼 만든 것)·갈비조림·다리찜·내장볶음 등 쇠고기보다 훨씬 비싼 개고기에 사족을 못 쓰는 남쪽 구당(狗黨)들의 회를 동하게 할 만하겠다. 과연 개고기 요리의 '원조'답다.

그러나 유의해야 할 것은 거기에 그치지 않는다. 동족끼리 먹는 상이니까 내놓았을 개고기의 정서에 뜻이 있을 듯하다. 이념이나 정치색을 빼면 먹는 것이나 입맛은 같다는 본래적 향수의 되새김질을 다그쳤대도 무방하다. 그것이 바로 정치적 윤색이라고 하면 그만이지만 혓바닥은 그걸 달게 기억할 수밖에 없다. 비단 개고기만이 아니라 '고향의 맛'은 구구한 '해설'을 초월한 윗자리에 매양 존재하게 마련이다. 다만 시대를 따라 변형될 뿐이다.

화제를 바꾸어 누구나가 지닌 고향의 맛을 생각해본다. 그것은 음식에 국한하지 않는다. 풍경, 사람, 경험이 죄 포함

될 듯한데, 아무래도 기중 오래가는 것이 음식일 법하다. 자타공인의 향토 음식은 말할 나위도 없다. 그 정도까지는 안 간다 하더라도 자기만 아는 어머니의 맛이 따로 있다. 그건 비교의 차원을 넘는 불가침의 영역이다. 맛자랑이 고향자랑과 맞통하는 연유가 여기 있다. 『전환시대의 논리』『8억 인과의 대화』 등을 쓴 리영희 선생의 고향은 평안북도 삭주인데, 이 양반의 냉면 칭송은 놀라울 지경이다. 함흥냉면은 아예 냉면으로조차 치지 않는다. 함께 간 평양냉면집에서 물냉면이냐 비빔냉면이냐를 물으면 종업원이 무안할 만큼 큰 소리로 타박한다.

"냉면, 하면 으레 물냉면이지 무슨 딴소리를 하고 있느냐."

작가 박경리 선생의 말을 빌건대 자신의 기억 한도는 다섯 살 때까지 소급한다고 했다. 그 무렵의 어느 날에 본 찬연한 저녁놀이 아직 뇌리에 선명히 남아 있다고 했거니와, 맛에 대한 재생력도 예외가 아니다. 기억의 재고량을 누구나 모조리 끄집어낼 수는 없는 일이다. 특수한 조건 속에서 살아남은 강도 높은 체험의 단편들이 그렇다는 뜻인데, 아닌 게 아니라 사람의 세 치 혀와 머리가 공동으로 저장하고 있는 기억장치는 컴퓨터 찜쩌먹을 때가 있다.

비빔밥과 콩나물 해장국의 고장에서 태어난 내 '식복의 행운'은 따라서 더 들먹일 것이 없다. 남들이 어릴 적 추억에 곁들여 은근히 제 고장 음식을 자랑할 때마다 넉넉한 마음으로 웃고 있으면 된다. 함박눈이 펑펑 쏟아지는 깊은 겨울밤, 뜨끈뜨끈한 아랫목에 엉덩이를 지지며 슴슴한 평양 김칫국물에 냉면을 말아먹던 '이바구'를 그러려니 들어넘긴다. 제육 다루는 솜씨로 말하면 타의 추종을 불허하는 개성 출신들이, 꽃처럼 예쁘게 썬 보쌈김치와 더불어 그 제육을 씹을 때의 황홀한 맛을 토로할 때도 '그러시겠지' 여유를 부린다.

다른 지방으로 출장을 가라면 마뜩찮게 여기던 직장인이 전라도, 그중에서도 전주로 출장 가라면 얼른 나선다는 소리를 들을 땐 일부러 겸양을 떤다. 그것이라고 어디 예전 같겠느냐고 물러서는 척, 하면서 속으로는 딴전을 피운다. 그만한 평판이 하루이틀에 다져졌겠느냐는 자긍과 함께, 굳이 입을 열지 않아도 되는 맛의 기득권을 힘 안 들이고 계속 확보한다. 이런 유의 지역감정은 얼마든지 있어도 좋다는 자세로.

그러나 이제는 때때로 회의한다. 전주 비빔밥과 해장국의 저런 변모를 이해하기 어렵다. 잘 된 건지 이상하게 바뀐 건지 오히려 걱정스럽다. 콩나물 해장국은 우선 지나치게

뜨겁다. 성급히 떠넣었다간 입천장 데기 알맞다. 국물은 말
갛고 시원해야 하거늘 한증막에 틀고 앉아 억지 발한(發汗)
연습을 하듯 땀을 뻘뻘 흘린다. 그래야 속이 풀린다는 발상
은 이해하기 어렵다. 가벼운 아침 요기의 원래 취의(趣意)가
무색하다. 양 또한 많아 위에 부담을 주기 쉽다. 계란을 풀
고 너무 많은 양념을 섞어 담백한 맛을 탁하게 만드는 것도
좀 그렇다. 새우젓도 육젓·추젓을 꼭 가릴 건 없되, 되도록
삭은 것이 나은데 구별하기 힘들다. 세월과 함께 입맛도 바
뀌는 것이 세상 내력이므로 해장국이라고 언제나 그 모양일
수는 없겠지만 '환골탈태'가 너무 심하다.

옛날처럼 식은밥을 싸가지고 와서 콩나물국만 사먹던
시절은 물론 아니다. 서울서는 양주 카페 단골이 마시다 남
은 양주병을 맡기듯 해장국집에 '자가용 뚝배기'를 두고 다
녔다지만(조풍연, 『서울잡학사전』) 전주서는 드물었다. 집에
서 먹다 남은 식은밥을 가져가는 예가 있었을 따름이다. 밥
주발을 내밀면 주인 아주머니는 끓는 국물로 밥을 토렴한
뒤, 부뚜막에 말린 통고추 하나를 손바닥 안에 넣고 바삭 소
리나게 부수어 뿌렸다. 간밤의 술로 부담이 간 속을 풀고 같
은 명분으로 한두 잔의 술을 곁들이기 위한 술국에 다름 아
니었는데, 보통 술자리에서는 술잔이 짝수로 끝나는 걸 피

했지만 해장술은 두 잔이 원칙이었다.

> "맛자랑이 고향자랑과 맞통하는
> 연유가 여기 있다."

어쨌거나 콩나물로 술국을 끓이는 내력은 전주가 시초였던 셈인데, 물론 지역마다 다르다. 해장국 재료엔 왕도가 따로 없는 것이다. 부산 지방은 투명하게 맑은 복국에 파란 미나리 이파리 몇 잎을 띄우는데 특히 영도 것이 괜찮다. 같은 전라도이면서도 광주는 콩나물국 대신 '펌푸집' 추어탕이 있고 또 다른 집의 낙지연포탕이 제격이었다. 서울 청진동의 선지 해장국은 더 언급할 필요가 없거니와, 전에 있었던 '따귀집'(뼈다귀집)이 사라진 것이 아쉽다. 5·16 이전 한 신문사에서 조·석간 신문을 동시에 발간하던 무렵, 조간 제작을 마치고 신새벽에 달려간 따귀집의 쪽쪽 빨다 버린 '우골'더미라니. 근자에 다시 생긴 따귀집은 고기 반, 뼈 반이어서 옛맛이 안 난다.

다른 나라라고 해장술이나 해장국을 먹는 관습이 없을까. 있다. 서양서는 행오버(hang over) 즉 '골 때리는' 작취미성을 다스리기(cure) 위해 포도주 따위의 '모닝 드링크'를 걸

치는데, 이때 마시는 술을 '아이 오프너'(eye-opener)라고 일
컫는 것이 재미있다. 우리가 정월 대보름날 아침에 마시는
술을 '귀밝이술'(耳明酒)이라고 하는 것에 견주면 일종의 '눈
밝이술'인 폭이다. 술국은 수프가 고작이다. 일본으로 가면
이 해장술의 별칭이 '무카에자케'(迎え酒)로 바뀐다. 아침을
맞이하는 술이라는 뜻이 되겠다. 해장이 직설적으로 술기를
푼다는 의미를 지닌 데 반하여 제법 멋을 부리긴 했으나 그
게 그거다. 프랑스 소설에 자주 등장하는 반달 모양의 빵 크
루아상(Croissant)에 우유를 곁들인 걸 그쪽서는 해장감으로
치는 수가 있다. 이제는 한국에 앉아서도 손쉽게 대면하게
되었다.

　해장국 타령이 너무 길었나보다. 아침을 그것으로 때웠
으면 점심이나 저녁은 의당 비빔밥을 먹는 것이 전주 명물
음식의 순서이겠다. 전주 하면 비빔밥을 연상하고 비빔밥
하면 전주를 떠올리는 성가(聲價)야 어디 가랴만, 배를 때우
는 정도의 전자에 비해 입과 배를 동시에 만족시키고 채우
는 후자의 위상이 상대적으로 낮아진 느낌이다. 둘다 전주
의 자존심을 건 음식이기 때문에 어느 한쪽이 기울면 곤란
하지만, 비빔밥은 전국 어디에나 있는 '유사 비빔밥'과의 경
쟁을 뚫고 전래의 독자성을 확보하도록 노력해야 할 것 같

다. '개량'이 지나쳐 곱돌 그릇에 뜨겁게 달군 비빔밥은 아무래도 족보가 의심스러워 안타깝다. '이게 아닌데'의 감정이 어찌 그것뿐이랴마는.

북한에서 발간된 『자랑스런 민족음식』이란 책은 그쪽 음식을 주로 다루고 남한 것은 '특색 있는 지방음식'이란 항목을 설정, 약간씩 소개하고 있다. 여기서도 전주 비빔밥을 맨 먼저 언급했다.

"전주 비빔밥은 갖은 나물과 함께 쇠고기를 다져서 넣고 밥을 비벼 내는 것이 특색이며, 이 지방에서 나는 김을 구워 비벼서 놓는 것이 다른 점이라고도 할 수 있다."

쇠고기를 다져 넣는다는 설명은 아마도 육회를 가리키는 듯하다. 비벼 낸다는 대목은 예전 방식을 염두에 두고 하는 소리 같다. 아무튼 전주 비빔밥의 명성을 북한에서도 인정하고 있는 형편인데 육당 최남선은 견해가 다르다. 그는 『조선상식문답』의 '지방적으로 유명한 음식'에서 비빔밥은 진주(晋州)를 꼽고, 전주의 경우는 콩나물만을 들었다. 호암 문일평이 개성 탕반, 평양 냉면, 전주 골동반(骨董飯, 비빔밥)을 매식을 기준으로 본 지방의 3대 명식품으로 지적한 것과는 조금 차이가 있다.

그렇다면 진주 비빔밥의 맛은 어떤가. 진주에 가서 먹어본 이는 알겠지만 콩나물 대신 숙주를 쓰는 것이 다를 뿐, 여간해서는 구별하기 어려운 게 사실이다. 그중에서도 명문으로 손꼽히는 시장거리 비빔밥집을 찾아갔을 때도 비슷한 느낌이었다. 다소 걸쭉하달 만큼 재료를 많이 쓰는 점이 특이했다.

비록 진주만이겠는가. 여러 가지 내용물을 한데 섞어 비비는 음식의 특성상 웬만한 정성과 연구로는 독자적으로 색다른 맛을 내기 힘들다. 게다가 현대인의 식성이 오죽 까다로운가. '아키바레'나 '칼로스' 쌀로 지은 밥맛에도 성이 차지 않는 고급 식성은 꽁보리밥에 열무김치 몇 가닥 넣고 막된장을 끼얹어 썩썩 비벼 먹는 풍미를 더 치는 지경에 이르렀다. 잃어버린 향수를 혓바닥으로 '농락'하며 복잡한 맛의 델리커시를 확인하는 '반문명'을 갈망하는 푼수라는 얘기다.

> "지킬 건 지키고 보탤 건 보태야
> 생명이 긴 음식으로 남을 수 있다."

따지고 보면 비빔밥의 유래 자체가 호사스럽지 않다. 음식의 역사가 대강 그렇듯 뚜렷한 연원이 밝혀지지는 않았으나 지극히 대중적인 음식임에 틀림없다. 『백미백상』(百味百

想)의 저자 홍승면은 어느 임금이 난리를 피해 몽진했을 때 수라상에 올릴 만한 반찬거리가 없어 할 수 없이 밥을 비볐다는 '설'을 믿을 수 없다는 투로 비친다. 만일 그랬다면 '도루묵'의 재판이 될 뻔했다. 또 제사를 지낸 다음 갖가지 음식을 고루 섞어 나눠 먹는 신인공식(神人共食)의 절차라든가, 입춘날의 시식(時食)인 신감채(辛甘菜, 달래·쑥·파·무)의 새 순을 잘라 무쳐 먹던 우리의 내림으로 추리하는 견해도 있다(이규태,『한국인의 생활구조』1).

우리 비빔밥에 해당하는 일본 비빔밥으로는 '가야쿠메시'(加藥飯)나 '고모쿠메시'(五目飯)가 있다는데 시식해보지 못했다. 다만 요즈음 흔해빠진 왜식 우동집에서 '고모쿠(五目)우동'이라는 걸 더러 먹어보고 짐작할 따름이다. 갖가지 야채와 고기를 섞은 비빔밥이라는 것을.

놋쇠 대접에 담긴 전주 비빔밥은 우선 색채가 아름답다. 선홍빛 육회와 치자나무 열매로 물들인 샛노란 청포묵에 슬쩍 데친 미나리 빛깔, 그리고 까만 김가루의 대비가 그만이다. 그 밑을 살찐 콩나물이 받치고 있다. 청포묵을 써는 방법도 중요하다. 길이는 콩나물 키 정도라야 알맞고 굵기는 이팔청춘 처녀의 손가락 수준이 제격이다. 요것들을 주축으로하여 그 음식점이 자랑하는 고명이나 양념을 몇 가지 넣고 빼는 비법의 자유 재량이야 마다하지 않되 반숙란이나 날계란 등속을 곁들이는 건 질색이다. 전래의 격식이 아닐뿐더러 입안을 텁텁하게 만들기 때문이다.

사람마다 취향이 다르겠으나 먹는 쪽에서 비빔밥을 비빌 때도 다소 요령이 필요하리라. 일본에 있는 한식집에서 비빔밥을 시켜 먹는 손님들의 비빔 솜씨를 보면 국적을 짐작할 수 있다는 이야기가 있다. '열심히' 비비는 건 한국인이요, '살살' 비비는 건 일본인이란 뜻인데, 까짓 우스갯소리는 무시해도 한 가지 유념할 게 있다. 밥알을 너무 으깨면 맛이 떨어진다는 점이다. 그러자면 알맞은 밥의 진기가 전제되어야 한다.

요컨대 음식의 궁극적인 맛은 만드는 자와 먹는 자의 합작품이다. 그러나 만드는 쪽의 정성스런 마음이 훨씬 더 중요하다. 아무리 '간사한 구미'를 좇을 수밖에 없다 하더라도 지킬 건 지키고 보탤 건 보태야 생명이 긴 음식으로 남을 수 있다. 뿌리가 흔들리면 죽도 비빔밥도 안 된다.

미안한 말이지만 만인의 입에 맞는 음식은 엄밀한 의미에서 음식이 아니다. 음식의 '개성'을 들먹이기 전에 꿩도 매도 다 놓칠 공산이 크다. 그런 것은 맥도날드 형제의 햄버거나 콜라·사이다류로 족하다. 원천적으로는 같되 현실적으로는 다른 것들의 집합이 더욱 튼튼한 융합을 가져올 수 있다는 원리를 음식만큼 잘 나타내는 것도 드물다. 마침 김지하 시인이 바로 그런 정서를 노래한 듯한 시 한 수가 있다. 이름하여 「김치 통일론」이다.

통일하는 데 있어서
김치가 필요하다는 이론을 제기한 사람은 없다
김치야말로
통일의 지름길이다
짜건, 싱겁건
동치미든, 젓김치든
김치의 맛은 기본적으로 동일하다
이렇든 저렇든 참삶은 마찬가지이듯
김치를 주의해라
김치를 통해서
김치의 맛을 통해서
김치의 맛의 일치성을 통해서
통일을 생각하는 자는 믿어도 좋다
기타는 기타는 기타는
사기꾼이다.

정은미

정은미

화가. 서울대학교 미술대학에서 회화를, 서울대학교 대학원과
뉴욕 프랫 인스티튜트에서 서양화를 공부했다. 서울·뉴욕·베를린 등
여러 나라에서 개인전을 14회 가졌고,
『몬드리안이 조선의 보자기를 본다면』『화가는 왜 여자를 그리는가』
『아주 특별한 관계』를 출간했다.
번역한 책으로는『색채의 마술사 마티스』『교실 밖 그림수업』시리즈
등이 있다. EBS 'TV 갤러리' '대한민국 창의력 프로젝트 아바타',
KBS 'TV 미술관'에 출연해 강의했으며, 지금은 명지전문대학 교수로
여러 매체에 미술에 관한 글을 쓰고 있다.

초콜릿
모녀

엄마에게는 비밀 창고가 있었다. 회색 톤에 검은 테두리가 둘러 있었던 철제 캐비닛. 아마도 미제였을 것이다. 엄마의 손이 자물쇠 다이얼을 이리저리 돌리면 찰칵, 하는 소리와 함께 창고의 문은 양쪽으로 활짝 열렸다. 그 안은 알라딘의 요술램프가 마술을 부려놓은 듯 온갖 달콤한 먹을 것들이 가득했다.

그것을 열고 닫을 때, 그 안에서 꺼내든 것을 입에 넣을 때의 엄마의 표정이란 늘 뭔가를 더듬는 듯했다. 그것이 무엇인지 알 수는 없었으나, 나는 멀찌감치 서서 그 비밀 창고 안을 몰래 들여다보는 것만으로도 행복했다. 당시 남대문

정은미, 소풍갔다 온 날, 2003

도깨비시장에서나 겨우 구할 수 있었던 달콤 쌉싸름한 허시 초콜릿, 동글동글 알록달록한 M&M's 초콜릿, 스니커즈, 버터 횡거, 마시멜로, 오레오, 초코칩, 각종 캐러멜과 껌, 사탕! 아, 나는 천국을 보고 있었다.

오늘도 엄마는 늦은 밤 초콜릿을 드신다. 아마도, 이제는 사라진, 기억 저 건너에 있는 그 비밀 창고를, 그리고 그리운 무엇인가를 마음으로나마 더듬고 있을 것이 분명하다.

엄마는 종로 봉익동 아흔아홉 칸 집의 금지옥엽 막내딸

로 태어났다. 칸이란 언뜻 방을 연상케 하지만 기둥과 기둥 사이의 벽을 한 칸으로 친다. 조선시대에는 궁궐을 제외하고는 아흔아홉 칸 이상의 집은 지을 수 없었다. 그러니 대문채와 큰 사랑채, 안채, 사랑채로 이루어져 있는 호사스러운 아흔아홉 칸짜리 집터는 반가(班家)의 최대 규모였던 것. 원래 환관이 살던 집이었는데, 구한말 거상이었던 외할아버지가 사들였다고 한다.

어렸을 적 그 집에 자주 놀러 갔었지만 지금 내게 아흔아홉 칸의 기억은 남아 있지 않다. 다만 사진과 기록으로만 남아 있을 뿐이다. 위풍당당했던 아흔아홉 칸 저택은 외숙부의 사업 실패로 이제는 터만 덩그러니 거기 있다. 지금 외가가 있던 자리에는 '동일가구'라는 가구 공장이 들어서 있고, 고래등 같았던 한옥 본채는 하나하나 뜯어져 해체됐다. 그 뒤 해체된 조각은 유명한 국제변호사의 한옥 저택으로 탈바꿈해 현재도 그 위용을 과시하고 있다. 엄마는 지금도 차마 그곳을 가지 못한다.

아들, 딸 구별이 유난하던 시절 외할아버지는 두 아들과 네 딸 중 유독 막내딸인 엄마를 편애하셨다. 형제들 중 유일하게 외할아버지를 판에 박은 듯 닮아, 큰 키에 서글서글한 외모를 가진 엄마는 귀하신 아들도 불가능한 외할아버지와

겸상(兼床)을 받았다. 입시며 입학이며 크고 작은 학교 일에도 외할아버지가 나서셨다. 눈에 넣어도 안 아플 정도로 너무 귀엽고 어여뻐 그러셨을까. 엄마의 수(壽)자 항(恒)자를 "항수야, 우리 항수 어디 있니" 하고 거꾸로 부르시며 사랑해주시니, 집안이나 학교 어디에서나 엄마는 무소불위의 권력 그 자체였다.

더욱이 출중한 외모에 공부까지 잘했던 엄마의 성정은 전형적인 부잣집 막내딸이었다. 시쳇말로 거의 눈에 보이는 것이 없는 '공주'였던 것. 깨워도 깨워도 당신이 늦잠 자서 늦게 일어났건만 성질을 부리는 쪽은 오히려 엄마였으니, 왜 깨우지 않았느냐며 다른 사람 탓에 대문 밖까지 들고 나온 아침상까지 내팽개치기 일쑤였다. 바로 지은 따끈한 도시락이 점심시간에 학교 교실까지 대령될 테니까. 수놓기, 뜨개질에 양장이며 한복이며 귀찮은 가사 숙제는 모두 언니들의 몫이었고, 마른 투정으로 사람들에게 괜한 변덕과 까탈스러운 심술을 부려도 두 오빠들의 옹호 아래 모든 것이 용서되었다.

그러나 행복한 시절은 전쟁으로 한순간에 깨지고 말았다. 엄마는 여중 2학년생이었다. 곧바로 가족들을 급하게 피란 보낸 외할아버지는 당신만 남아서 집안일을 처리하시겠다며 서울 본가로 홀로 떠날 것을 고집하셨다. 북에서 월남한 둘째 사위가 공산당은 지주라면 무조건 악질분자로 내몬다며 피신하시라고 아무리 만류해도 소용없었다.

외할아버지는 그렇게 서울로 떠나면서 엄마에게 은밀히 물으셨다.

"향수야, 무얼 사다주랴."

엄마는 철없는 아이였다.

"나 초콜릿 먹고 싶어, 아버지. 미제 초콜릿 사다줘!"

"꼭 그러마."

그러나 엄마도 외할아버지도 모르셨다. 이것이 부녀의 마지막 대화라는 것을. 서울로 상경한 외할아버지는 온 집안을 점령한 북한군 틈에서 먼저 붙들려 간 외숙부를 구해내기 위해 당신과 맞바꾼다는 조건으로 담판을 벌였다. 결국 외숙부는 우여곡절 끝에 도망쳐 나왔지만 외할아버지의 행적은 알 길이 없었다. 그 후, 당시 치과대학을 다니던 외숙부가 갑자기 만석꾼의 살림을 맡게 되면서 집안은 기울기 시작했다. 외할아버지의 빈자리는 그토록 컸던 것이다.

이제 엄마가 알던 세상은 없다. 엄마는 아버지에 대한 그리움과 막막함, 당신의 성격으로는 도대체 참을 수 없는 현실, 그로 인한 울화를 '미제 초콜릿'을 먹으면서 달랬을 것이다. 아릿한 초콜릿을 입안의 온기로 녹여내며, 입안에 퍼진 달콤함을 음미하고 또 음미하면서 다시는 볼 수 없는 외할아버지의 마지막 모습을 가슴으로 그렸을 것이다. 그 맛이 달기만 했을까. 엄마에게 초콜릿은 달고도 쓴 그 무엇이었을 것이다.

> "엄마에게 초콜릿이 '아름다운 시간'으로
> 떠나는 길이라면, 나에게 초콜릿은
> '미운 오리새끼의 시간'을 떠올리게 한다."

초콜릿은 잃어버린 마음을 찾아가게 한다는 말이 있다. 외할아버지의 빈자리에서 홀로 초콜릿을 녹이며 엄마는 사랑의 '참맛'을 느끼고 있었을 듯하다. 나이가 들수록 마음이 허기진다는 엄마는 초콜릿으로 고독을 날려 보내는 것 같다. 솔직하고 자기감정에 충실한 엄마의 초콜릿에 대한 집착은 변해버린 새로운 세상을 거부하는 방식일 수도 있다. 열여섯 살 이전의 세상, 돌아갈 수 없는 가장 아름다운 시절의 달콤한 추억을 '홀로' 곱씹고 있는 셈이다. 엄마가 가장 그리운 곳은 '아버지'의 품일 것이다. 마음껏 기댈 수 있는 그 품에 새삼 파고들고 싶지만 외할아버지는 어디에도 없

정은미, Behind the Time, 2003

다. 엄마에게 남은 건, 입안을 쓸고 간 초콜릿의 뒷맛처럼 그리움만 떨구고 사라지는 '아버지의 기억'이다. 이제 그 추억도 사라질 때가 됐건만, 엄마의 그리움은 이 사이에 파고든 초콜릿의 알싸한 맛처럼 좀처럼 사라지지 않나보다.

언젠가 라디오 방송에 출연하러 갔다가 가수 한영애의 앨범 『비하인드 타임』(Behind Time)을 선물받은 적이 있다. 한영애가 누군지도 몰랐던 엄마는 그 앨범을 막무가내로 빼앗아갔다. 그리곤 당신만의 오디오까지 덜컥 들여놓고 「목포의 눈물」을 듣고 또 듣기 시작했다. 리피트(repeat) 기능까지 배워서 말이다.

"나는 저 노래를 듣고 있으면 화가 나다가도 확 풀려. 정말 노래 잘한다."

『비하인드 타임』은 흘러간 트로트를 리메이크한 앨범이다. 시간의 뒤편에서 엄마는 무엇을 듣고 있나. 앨범 재킷의 첫 장을 들추면 단발머리에 복고풍 꽃무늬 한복을 곱게 차려 입은 한영애가 어디론가 걸어가고 있다. 과거도, 현재도 아닌 꿈결 같은 묘한 분위기. 어느새 과거가 현재 속으로 다시 걸어온다. 엄마의 '아름다운 시절'은 당신에게 친숙한 노래를 만나 다시 현재라는 시간으로 불려나오는 것인가.

운다고 옛사랑이 오리요만은
눈물로 달래보는 구슬픈 이 밤
고요히 창을 열고 별빛을 보면
그 누가 불어주나 휘파람 소리

「애수의 소야곡」의 한 구절이다. 이젠 중학생 손자까지
둔 할머니가 된 엄마의 옛사랑은 어느 지점에 있을까. 지금
도 엄마는 외할아버지와의 시간을 살고 있는 걸까. 그것이
엄마가 발견한 시간의 뒷모습일까.

내게는 알리고 싶지 않은 또 하나의 이름이 있었다. 호적
상의 이름보다 그 이름으로 더 많이 불렸지만, 기억 속에서
지워버리고 싶은 이름. 참으로 원색적인 '후불이'. 내 가족은
나를 후불이라고 불렀다. 시작은 이랬다. 번듯한 집안의 맏
며느리로 시집을 온 엄마는 곧 연년생으로 '딸딸이'를 낳게
된다. 첫딸은 그냥 넘어갔어도 둘째인 '나의 탄생'은 좀 심각
했다.

할머니와 엄마는 아들을 낳기 위해 믿거나 말거나 여러
카드를 꺼내들었다. 어디서 산성 체질이 아들 낳는 데 안 좋
다는 말을 듣고 온 엄마, 그렇게도 좋아하던 고기를 약 넉
달 동안 일절 입에도 대지 않았다고. 한편 유명한 점방에서

정은미, 엄마와 초콜릿, 2003

뭔가를 보고 온 할머니, 둘째 손녀를 새로운 이름으로 부르게 한다. 그때부터 내 이름은 '후불이'였다. 효험이 있었는지나, 후불이에게는 곧 남동생이 생겼다. 장손이자 외아들인 황태자가 탄생한 것이다. 할머니는 가끔 당신이 찾아낸 이름값으로 손자를 얻었다며 공치사를 하셨다.

"우리 후불이는 정말 착하기도 하지. 남동생을 봤잖아."

그 시절에 이런 이야기는 유난한 일은 아니다. 다만 둘째로 태어난 사람은 안다. 확고부동한 권위를 가진 맏딸, 장손이란 권력을 가진 동생 사이에서 나는 잘해봐야 본전인 설움 속에서 컸다. 무지막지한 고집에 사근사근하지 않은 여자아이는 누구에게도 환영받지 못했다. 혼자 있는 시간이 많아진 것은 당연했다. 그 시절, 나를 위로한 건 다름아닌 초콜릿이었다. 이상하게도 초콜릿을 물고 있으면 기분이 풀렸다. 방 안에 틀어박혀 서랍 안에 꼬깃꼬깃 숨겨놓은 초콜릿을 입안 가득 물면 어느새 난 천하태평, 희희낙락한 아이가 될 수 있었다.

어린 시절 나는 웅크리고 숨어 들어간 방에서 또 하나의 삶을 살았고, 그 기억의 시간 속에는 '나와 초콜릿'이 있다. 초콜릿은 내 고독의 친구였던 것이다. 엄마에게 초콜릿이 '아름다운 시간'으로 떠나는 길이라면, 나에게 초콜릿은 '미운 오리새끼의 시간'을 떠올리게 한다. 달콤하면서도 씁쓸한 초콜릿 맛과 같은 대비다.

초콜릿이 불안증을 치유하는 데 효력이 있다고 믿은 고대 마야 사람들은 초콜릿을 신이 내린 선물로 여겼다. 그런가 하면, 때로 초콜릿은 그 달콤함 때문에 '위험한 마약'으로 오해받기도 했다. 돌이켜보면 엄마도 나도 달콤한 기억만으로 초콜릿에 집착한 것은 아니다. 우리 초콜릿 모녀에게 초콜릿은 불안과 집착, 열정을 다스리는 유용한 마약이었던 셈이다. 지금 이 순간에도 초콜릿 생각이 간절해진다. 어느

새 초콜릿이 추억을 환기시킨 탓이다. 사람은 변해도 추억은 변하지 않는다. 엄마와 나는 초콜릿을 녹이며 변치 않는 기억을 부른다.

고경일

고경일

시사만화가. 교토세이카 대학 만화학과를 졸업하고
같은 학교 대학원에서 풍자만화를 전공했다.
교토세이카 대학 교수를 거쳐
지금은 상명대학교 만화애니메이션학과 교수로 재직 중이다.
『한겨레신문』에 「고경일의 풍경내비」를 연재했으며,
현재 만화가, 팝아티스트, 교수, 우리만화연대 회장,
한국만화영상 진흥원 이사로 활동하고 있다.

나베요리는
한판 축제

일본 오사카에서 재일동포가 가장 많이 산다는 빈곤한 지역의 쓰러져가는 '나가야'(다다미 네 장 반 정도의 작은 방이 10~20개 죽 늘어선 낡은 목조물) 4조 반(다다미 1조가 180센티미터 정도이니, 대략 5평 정도) 크기에 산 적이 있다. 부엌과 세면대 겸용으로 쓰이는 작은 싱크대에 침대와 책상 같은 자신의 짐까지 들여오면 손님 맞기는커녕 혼자서 밥해먹기도 버거운 공간이 되고 만다.

작은 방 안에 살림살이가 다닥다닥 붙어 있다보니 나같이 요리를 만들어 먹기 좋아하는 사람도 다른 사람들처럼 모든 끼니를 밖에서 사먹게 되곤 한다. 술집 웨이터, 막노동

판 인부, 파친코 청소부, 도시락집 배달부, 연금 받아 혼자 사는 할머니 그리고 한국이나 중국에서 온 유학생이 뒤섞여 가족처럼 의지하고 살아갈 수 있게 한 '힘'(?)은 저렴한 월세 덕분이었다.

눈이 펑펑 쏟아지던 어느 날, 슈퍼에 가서 반찬거리라도 사올 양으로 삐거덕거리며 계단을 내려오는데, 출구 옆방에서 보글보글 끓는 소리가 삐져나오고 하얀 김이 모락모락 피어오르는 게 아닌가! 살짝 방을 들여다보니 큰 냄비를 중심으로 관리인 아저씨와 집주인 아줌마 그리고 할머니와 동네 사람들이 분주하게 움직이는 게 보였다. 무슨 요린지 알 수는 없지만 화기애애한 모습이 일본요리의 마쓰리(축제)가 열리는 게 분명했다(이런, 나만 빼놓고……).

그 자리에 끼고 싶은 마음이 굴뚝같았지만, 서먹서먹해질까봐 군침만 삼키고 나가려는데 등 뒤에서 집주인 아줌마의 걸걸한 목소리가 들렸다.

"이쇼니 다베나~"(오사카 사투리로, 같이 먹자~)

요리에 유달리 호기심도 많지만 식탐이 많은 나로서는 행복한 제의가 아닐 수 없었다. 정말 뻔뻔스럽게 활짝 미소를 지으며 낯선 아줌마, 아저씨 사이를 비집고 들어갔다. 앞에는 가스버너 위에서 돌냄비 같은 '나베'(鍋, 냄비)란 것이

끓고 있었고 커다란 바구니엔 온갖 싱싱한 건건이(?)들이 푸짐하게 나를 맞았다. 큰 접시에는 배추와 무, 당근, 쑥갓, 대파와 팽이버섯, 송이버섯 등 온갖 버섯류와 다양한 모양의 어묵, 그리고 닭살코기가 가지런히 담겨 있었고, 사람들 앞에는 작은 앞접시와 폰즈 소스(ぽん酢, 일본밀감, 라임 등 달고 시큼한 과실즙에 식초와 간장을 섞어 만든 소스)를 담은 접시가 놓여 있었다. 이 요리는 일본에서 보통 '나베'라 말하는 것으로, 관서지방에서는 미즈타키(水炊き, 맑은 다시국물에 닭고기를 주재료로 끓인 요리)라고 하는 전골요리였다.

부글부글 끓는 소리가 들려 어느 정도 익었겠다 싶었는지 주인 아줌마가 나베 뚜껑을 열었다. '이것이 바로 일본요리구나!' 하는 순간, 어라 이건 뭐지? 냄비 속엔 멀건 국물에 갖은 야채만 둥둥 떠 있는 게 아닌가! 이것이 진정 요리란 말인가! 맹탕 국물에 갖은 야채와 고기를 다 집어넣고 하나하나 건져서 간장 같은 소스를 찍어먹는 이것이!

그런데 요것 봐라? 펄펄 끓는 국물에 쑥갓을 퐁당 빠뜨려서 잘 익은 닭고기와 함께 싸서 폰즈라 불리는 소스를 찍어 입에 넣고 씹는 맛이 장난이 아니었다. 고기의 육즙과 새콤한 소스의 조화로움이 입안에 퍼지면서 뜨거운 입김이 아스팔트의 아지랑이처럼 콧구멍을 타고 감탄사와 함께 뿜어

져 나왔다. 사무치는 맛!

　나베요리는 미각만 만족감을 느끼는 것이 아니었다. 갖은 재료를 냄비에 넣고 끓이기 시작하면 한국의 전골요리와 크게 다르진 않지만, 들어가는 갖은 야채와 고기들을 예쁘게 장식처럼 펼쳐놓아 시각을 즐겁게 하고 따로따로 넣어 먹는 행위를 통해 촉각까지 행복하게 만들었다.

　난생처음 찍어 먹어본 '폰즈'라는 소스는 새콤한 것 같으면서도 약간 달콤한 것 같기도 하고 그렇다. 식초의 싱그러움도 잃지 않은, 야채나 고기와 너무나 잘 어울리는 맛이었다.

인정사정 볼 것 없었다. 처음에는 주저했던 나는 체면도 무시하고 밥상 앞에서 건져 먹고 또 건져 먹었다. 대파와 어묵을 함께 폰즈에 찍어 먹고, 푹 익힌 배추를 곤약과 싸서 먹고, 닭날개를 찍어 먹고 나중엔 죽을 만들어 계란을 풀어 먹었다. 모두가 삐질삐질 땀을 흘리고 솟아오른 배를 두드리며 기대고 앉아 있는 모습이 한바탕 축제가 끝난 바로 그 광경이었다.

일본인들에게 이 나베요리는 특별한 날 먹는 전통음식이라기보다는, 쌀쌀한 늦가을에서부터 꽃샘추위가 찾아오는 초봄까지 다 같이 둘러앉아 서로 나눠먹는 즐거운 가정요리 중 하나다. 보통 연어나 복어 같은 해산물과 샤브샤브(얇은 고기를 뜨거운 물에 살짝 데칠 때 나는 소리가 '샤부샤부'처럼 들린다 해서 붙여진 이름)할 때 재료로 쓰이는 얇은 돼지고기·쇠고기 등은 살짝 익혀 먹고, 닭고기는 푹 끓여 먹는다. 물론 나베의 종류에 따라 국물의 맛을 내는 방식이 다르고, 주재료에 따라 나베의 이름은 수십 가지가 넘는다.

그래서인지 나베요리의 시작에 대한 설(說)도 여러 가지다. 그중에서도 몽골군의 '투구요리'가 그 출발점이라며 많은 일본요리의 뿌리는 대륙에서 시작되었다는 중국유학생의 이야기가 근거는 없지만 제일 그럴듯하다. 서양까지 정벌에 나섰던 칭기즈칸의 군대에게 가장 큰 고민거리는 '먹는 문제'였는데, 한 재치 있는 병사가 해결책을 내놓는다. 쓰고 다니는 투구에 물을 끓인 다음 주위의 동물과 그 지방의 갖은 야채를 넣고 익혀 간장류를 찍어먹어 문제를 해결했다는 것이다. 이 요리가 일본까지 전해져 '샤브샤브' '나베' 등으로 불리게 된 것이라고. 일본의 『만국사물기원역사』(萬國事物起源歷史, 1884)라는 책에도 실려 있는 것을 보면 전혀 신빙성이 없는 것은 아닌 것 같다.

나베요리에는 여러 종류가 있지만 그중에 대표적인 것들을 소개하면 이렇다. 요세나베(寄せ鍋)는 고기, 생선, 야채 따위를 잘게 썰어 많은 국물에 넣어 끓이면서 먹는 모둠 전골로, 다시국물에 명태, 연어, 가리비 등과 야채를 끓여 먹는다. 장코나베(ちゃんこ鍋)는 스모 선수가 몸을 키우기 위해 먹던 고열량 음식이다. 닭발을 푹 고아 만든 국물에 각종 야채를 넣고 큼직한 쇠고기 경단을 얹는데 고기와 야채 말고도 떡·두부 등 재료에 제한이 없다. 맛도 좋고 가격도 착하니 일석이조인 듯싶지만 스모 선수들 사이에서는 이걸 먹고 몸을 불린 탓에 사십대 전에 살을 빼지 않으면 단명한다 해

서 '비명횡사요리'로도 통한다. 재미있는 건 은퇴한 스모 선수가 직접 운영하고 만들어주는 장코나베 가게가 많다는 사실이다.

> "활짝 마음을 열었을 때 오는 훈훈함으로
> 공기를 데우는 것은
> 사람만이 할 수 있는 즐거운 '축제'다."

모쓰나베(もつ鍋) 또는 호르몬나베(ホルモン鍋)는 소나 돼지의 곱창을 주재료로 하는 전골요리를 말한다. 마늘과 된장으로 국물을 만든 후 양배추와 부추를 한 바구니 넣어 내장 특유의 비린내를 없앤다. 일본에서는 본래 소나 돼지의 내장 부위를 쓰레기로 취급하여 '호르몬'(ホルモン)이라고 불렀다. 강제징용으로 끌려온 조선인들이 광산과 탄광, 각종 공사장에서 노역을 하면서도 열악한 환경과 부족한 먹을거리로 신음을 했다. 결국 일본인들이 내다버린 소나 돼지 내장을 주워다 요리를 해먹은 것이 모쓰나베의 슬픈 역사가 된 것이다.

생각해보면 일본요리의 모든 기원은 한반도가 아닐까 싶다. '모쓰나베'는 물론이요 요즘 유행하고 있는 야키니쿠

(불고기), 오코노미야키(일본식 부침개), 쓰게모노(절임 반찬)에서부터 청주에 이르기까지 한반도에서 일본으로 넘어간 것이 어디 한두 가지일까 싶기 때문이다.

여기서 우리가 간과하고 넘어가는 것이 있다. 이런 문화의 정착과 발전을 가져온 것은 '전수해준 자'가 아니라, '전수받은 자'라는 점이다. '장인정신'을 추구하는 일본은 외국문화의 핵심을 가져다가 철저하게 분석해서 재창조한다. 서

울에서 붐이 인 베트남 국숫집이나, 파리나 뉴욕에서 일본롤 집이 유행처럼 번지고 있지만, 일본의 외국문화 재창조는 '붐'이나 '유행'에 그치지 않는다. 자신들의 것으로 만들어서 본고장의 것을 다시 발견하게 하는 수준이기 때문에, 전수해준 본고장의 사람들에게 '외국인의 시각'을 통해 자기 문화를 다시 생각하게 할 정도다.

오늘도 펑펑 눈이 온다. 모두가 개인주의자라던 일본 사람들이 낯선 이방인을 방으로 불러 '나베요리'를 함께 나누던 '축제'의 고마움을 기억한다. 그날의 '축제'에 나를 초대한 이유는 '입'과 '눈'의 즐거움뿐만 아니라 '사람'이 함께했을 때 음식의 맛이 더해진다는 것을 알고 있었기 때문이다. 힘겨운 세상살이에 삶이 찌들어도 서로의 체온으로 한파를 녹이고, 활짝 마음을 열었을 때 오는 훈훈함으로 공기를 데우는 것은 사람만이 할 수 있는 즐거운 '축제'다. 중국요리면 어떻고 일본요리면 어떤가? 가까운 친구들이나 주위의 좋은 '사람'들을 불러 다 같이 둘러앉아 '나베요리'로 축제를 열어보자!

김진애

김진애

도시건축가·정치인. '서울공대 800명 동기생 중 유일한 여학생,
MIT 건축 석사와 도시계획 박사, 미 『타임』지가 선정한 21세기 리더
100인 중 유일한 한국인, 18대와 21대 국회의원,
tvN 「알쓸신잡」의 첫 여성출연자,
TBS 「김어준의 뉴스공장」의 코너지기' 등
김진애는 '김진애너지'라는 별명처럼 일할 뿐이다.
일 년에 한 권꼴로 책을 쓰는 그는 『왜 공부하는가』『한 번은 독해져라』
『사랑에 독해져라』『이 집은 누구인가』『우리 도시 예찬』
『나의 테마는 사람, 나의 프로젝트는 세계』『인생을 바꾸는 건축수업』
『김진애 상식의 힘』 등 30여 권의 책을 썼다.
현재 다양한 방송과 강연으로 대중 곁에 다가서고 있다.

요리,
요리를 축복하라

"요리란 물과 불로 하는 황홀한 장난, 요리란 순간을 만끽하는 시간 예술, 요리란 손과 눈과 코와 혀가 얽히는 몸의 예술, 요리란 창조와 소멸을 음미하는 철학적 예술."

요리를 예찬하는 나의 정의들이다. '음식'보다는 '요리하기'가 천 배 만 배 더 좋다. 요리란 즐겁고 아름답고 영양 높고 철학적이며 창조적이다.

날렵하게 칼을 놀리며 사과를 깎는 나를 보고 남자 동창이 던지는 말, "그런 것도 할 줄 아네." 이런 유감스런 이미지와 달리 나는 요리를 정말 즐긴다. 그리고 불출하게도 자랑을 해보자면, 나는 요리를 아주 잘한다. 요리를 즐긴다는 증거? 맛있게 먹은 음식은 꼭 한 번 내 손으로 해봐야 직성이 풀린다. 여행길에서 요리 재료 하나는 꼭 사들고 온다. 뭔가 항상 새롭게 만들어본다. 충분한 증거 아닐까.

요리를 잘한다는 증거는? 글쎄다. 인공조미료를 전혀 안 쓴다는 것, 한 번 먹어본 요리는 대충 만들 줄 안다는 것. 요리하는 중에 먹어보지 않는다는 것, 혀보다 코가 예민하고 코보다 눈이 예민하고 눈보다 손이 더 예민하다는 것, 물론 내가 한 음식을 사람들이 즐겨 먹는다는 것도 빠뜨릴 수 없다(맛있는 척만 하는 게 아님을 나는 물론 깊이 믿고 있다).

그렇다고 요리를 항상 하느냐, 이건 전혀 아니다. 이른바 일하는 여자로서, 정신없이 바쁠 때면 한 달 이상 부엌 근처에 가지 않는 때도 있다. 그러다 여유가 생기면 매일매일 정신없이 새 요리 해먹느라 도저히 체중 관리가 안 된다.

두 딸의 흉보기.

"나중에 우리 결혼하면 본 척도 안 하다가 갑자기 불러서는 온갖 요리 안겨주고는 '맛있지, 맛있지, 맛있지' 연발할 거야!"

나는 딸들 손바닥 위에 있다. 그렇지만 내 딸들아, 언젠가는 내 요리 솜씨에 감사할 날이 올 거다! 나의 두 어머니(정확히는 엄마와 어머님) 요리 솜씨에 내가 감사하듯이. 요리 솜씨는 우리 핏속, 세포 속, 유전자 속에 흐른다. 이럴 때 아들이 없다는 사실이 아쉽다. 요리 재미 알고 요리의 생리를 몸에 익힌 근사한 남자 하나를 세상에 내놓을 수 있었을 텐데. 요리란 몸으로 익혀지는 예술이다. 체험과 훈련과 도전이 요건이다. 얼마나 맛있게 먹으며 컸나, 얼마나 많이 해봤나, 그리고 얼마나 도전해봤나, 이 세 가지가 관건이다.

스타일 전혀 다른 두 어머니를 거친 것은 내겐 행운이다. 두 어머니는 정말 다르다. 식솔 많고 집안 대소사 많은 집에서, 손 큰 것은 비슷하지만 요리 스타일은 영 다르다. 나의 엄마는 한마디로 '우르르 쾅쾅' 스타일이다. 빠르게 거침없이 해낸다. 산본 시댁과 수원 친정과 인천과 서울을 오가며 젊은 시절을 단련했고, 열 명의 아이를 낳은 크나큰 배와 일곱 아이를 키워낸 그릇 덕분 아닐까. 뭐 하는 것같이 안 보이는데 어느새 다 되어 있다.

나의 시어머님은 요리계로 나가셨더라면 한 달인했을 텐데 할 정도로 체계가 있다. 그 옛적 진주여고를 다니셨기 때문일까? 첫째, 둘째, 셋째 조목조목 짚고, 재료는 이렇게 다듬고, 썰기는 이렇게, 재두기는 저렇게, 담기는 요렇게…… 요리책에 다 쓰기엔 너무도 사소한 그러나 절대적으로 중요한 노하우를 가르쳐주신다. 물론 지금도 조근조근 그 잔소리를 그치지 않는 것이 유감이지만, 요리 배우기에 어머님의 '조근조근 스타일'은 아주 유효하다.

엄마의 레퍼토리는 "빨리 해", 어머님의 레퍼토리는 "개미가 있어야지"다. '빨리'와 '개미'. '빨리'는 나의 모토이기도 하고, '개미'라는 말은 내가 아주 공감하는 진주 사투리다. '맛있다'는 말보다 더 진한, 입에 달라붙는, 뭔가 손맛이 느껴지는 정겨운 말이다. 나는 '빨리'와 '개미'를 입에 붙이고 산다.

엄마와 어머님의 메뉴 중 영원히 못 잊을 맛들. 엄마의 '굴깍두기'와 어머님의 '갈치속젓 김치', 엄마의 '갈비찜'과 어머님의 '도미찜', 엄마의 '북어찌개'와 어머님의 '된장찌개', 엄마의 '오징어국'과 어머님의 '생선 매운탕', 엄마의 '고사떡'과 어머님의 '빈대떡', 엄마의 '도루묵'과 어머님의 '볼레기' 등등등.

그렇지만 알다시피 부엌에서 엄마의 독재란 유명한 것 아닌가. 결혼하고 톡톡히 구박 받으며 요리 수업한 지 3년, 나는 드디어 두 어머니의 독재 치하에서 벗어나 홀로 떨어져 누구 눈치 안 보고 맘껏 요리할 수 있었다. 미국 유학 일곱 해, 1980년 8월부터 1987년 12월까지다.

유학생 부부들은 대개 갓 결혼한 친구들이기 십상이라 엄마와 어머님의 요리 솜씨를 전수했던 나는 꽤 달인인 척

할 수 있었다. 공부도 좋아하고 요리도 좋아하는 이 여자를 이상하게 보는 눈치도 없잖았지만 요리 비법을 공개하고 또 물어보기 좋아하는 나는 유학생 와이프 사이에서 인기가 있었던 편인 듯싶다.

미국의 좋은 점이라면 코즈모폴리턴 푸드가 만발하고 없는 것 없이 재료가 풍성하다는 점이다. 서걱서걱한 배와 물 많은 무는 영 젬병이었지만 나머지는 대개 오케이였다. 첫 추수감사절에 교수 댁에 초청받아 '칠면조 구이'를 먹고는, '역시 사람 사는 곳이구나' 생각하게 되었다. 미국 동부, 그것도 보스턴의 말 빠르고 사무적인 분위기를 살벌하게 느끼다가 단단히 감격했다. 가장 좋은 아메리칸 푸드는 햄버거가 아니라 '칠면조 구이'다. 미국 토박이 음식이기도 하거니와 상업적이지 않고 가족적이고 커뮤니티적이라 좋다. 한 마리 구워내면 적어도 열두 명은 먹고도 남아 일주일 먹을 샌드위치 재료까지 생기니 일석이조의 음식이 아닐 수 없다. 칠면조 구이에 감동을 받아서 본격적으로 미국 푸드를 먹어보기 시작했는데, 역시 보통 미국 푸드는 별맛이 없다. 다만 미국의 인터내셔널 푸드는 기막히다. 차이니스, 인디언, 멕시칸, 아라비안, 거기에 이탈리언 등 정말 없는 게 없고 또 아주 맛있다.

여름·가을·겨울·봄이 한차례 지나고 나니, 일반 슈퍼마켓, 자연식만 파는 내추럴 슈퍼마켓, 오리엔탈 슈퍼는 통달할 지경이 되었고, 갖은 종류의 샌드위치를 알게 되었으며, 코리안 슈퍼에 가서 감칠나게 '로즈'표 일본 쌀, 통배추, 단무지, 간고등어 사는 것에 갈증 날 지경이 되었다. 이 무렵, 드디어 나의 천국이 등장했다. 바로 헤이마켓(Hay Market)이다.

> "요리란 몸으로 익혀지는 예술이다.
> 체험과 훈련과 도전이 요건이다."

헤이마켓이란 이름은 여러 도시에 있다. 직역을 하자면 '짚단 시장'인데, 지푸라기에 신선한 농작물을 싸서 달구지에 싣고 모여 열리는 노천 시장에서 유래된 말이다. 우리의 3일장, 5일장과 다르지 않다. 원조는 런던 웨스트엔드의 헤이마켓이지만, 영미권 도시에는 같은 이름의 시장이 여러 도시에 있다. 도시마다 헤이마켓의 특색은 다른데, 보스턴의 경우는 '이탤리언' 성격이 강하다는 게 매력이다. 농축산물뿐 아니라 해산물이 풍부하다. 위치는 다운타운 바로 외곽이다. 서울로 말하자면 동대문 밖 정도라 할까. 시청에서 그리 멀지 않고 이탈리아 사람들이 많이 살던 노스엔드 동네와 가깝고. 항구와 인접한 지역이라 물자 유동이 많은 위치다.

지금은 주변 동네가 아주 팬시하게 변해서 워터프런트를 따라 고급 아파트와 사무소들이 들어섰고, 옛 창고를 개조해서 만든 '퀸시마켓'도 명물로 등장했지만, 헤이마켓의 전통은 여전하다. 건물이 아니라 골목길 모양이 문화보전 대상으로 지정되어 있는 블랙스톤(Blackstone) 블록 옆의 200여 미터 길이의 골목을 따라 작은 식품 가게들이 있는데, 토요일이면 인근 주차장과 길을 이용하여 노천 시장이 열리는 곳이 보스턴 헤이마켓이다.

헤이마켓에는 진짜 음식재료가 있었다. 미국 친구들은 필레(fillet)라 불리는 생선살만 있는 줄로 생각하는데 여기서는 머리 달리고 지느러미 달린 '온 생선'을 살 수 있다. 미국 친구들은 스테이크 살코기만 생각하지만 여기서는 내장도 팔고 뼈다귀도 판다. 하물며 선지도 있다. 지중해권 유럽 사람들은 '제대로' 먹을 줄 아는 전통이 있는데 그런 전통이 보스턴에 이식되었던 덕분에, 헤이마켓에서 진짜 음식재료를 마음껏 살 수 있었다.

토요일 새벽이면 가족 모두 나선다. 새벽에 가야 품질도 좋고 가격도 싸다. 새우도 좋고 가재도 좋고 게도 좋다. 해덕

(Haddock)이라 불리는 '통대구'는 어마어마하게 크다. 어머님처럼 아가미젓까지는 못 담그더라도 말리기에는 그만인 통대구였다. 진짜 오징어도 있는데, 스퀴드(squid)냐 커틀피시(cuttlefish)냐, 영어 잘 못하기는 나나 가게 주인이나 마찬가지였고. 여하튼 흥정 잘해서 잘 사면 되는 것 아닌가.

쇠꼬리는 또 어찌 그리 푸짐하던지, 한국 같으면 몇만 원할 쇠꼬리를 불과 5~6달러면 살 수 있었다. 돼지족을 사다 만든 편육은 각별했다. 양파, 통마늘, 대파(미국 대파는 아주 쓸 만하다), 소금 치고 푹 고아 살을 발라서 베가 없으니 할 수 없이 '속옷' 하나 찢어서 발라낸 살을 넣고 벽돌로 꾹 눌러서 기름을 빼면, 완벽하다. 엄마의 새우젓이 그리웠어라.

홍어는 없었지만, 홍어 뺨치는 가오리는 있었다. 무지막지하게 크다는 게 문제지만 우리 시장에서처럼 토막으로도 판다. 가오리 매운탕의 그 시원함이라니, 어머님의 생선 매운탕 버금갔다. 그나마 우리 생선에 가장 가까운 것은 '솔'(sole)이라 불리는 가자미다. 머리, 뼈, 껍질이 있는 가자미를 소금에 절였다가 서늘한 곳에서 꾸덕꾸덕 말리면서 어머님의 조근조근 잔소리를 기억했다.

"생선 소금구이는 살짝 말려서 구워야 '개미'가 있단다……"

슈퍼마켓의 반 가격이면 온 가족이 푸짐하게 한 달을 지낼 수 있었으니 헤이마켓에 다녀온 토요일 브런치(brunch)는 마치 한국에 있는 것처럼 푸짐했다. 헤이마켓 덕에 미국 유학 생활의 스트레스를 견딜 수 있었던 게 아닌가 싶다.

지금도 가락시장이나 노량진 수산시장, 인천시장, 소래 포구시장을 수시로 드나드는 것도 보스턴 헤이마켓의 체험 덕분일 것이다. 어느 도시로 여행을 가든 나는 시장에 꼭 들러보곤 한다. 빈의 나슈마켓, 시애틀의 피시마켓, 바르셀로나의 야시장, 베네치아의 노천 어시장, 포항 죽도시장, 광주의 남광주시장 등등. 시장에는 역시 삶의 박동이 펄펄 살아있다.

헤이마켓에서 돌아온 지도 15년. 엄마와 어머님은 이제 가만히 앉아 내 요리를 기다리시기만 해도 된다. 두 어머니의 한국 스타일을 계승 발전시켰음은 물론 유학에서 익힌 인터내셔널 푸드를 자유자재로 퓨전하는 내 솜씨를 믿으셔도 된다. 문제는 그런 경우가 드물다는 것이고, 더 큰 문제는 어머니들은 여전히 당신이 더 요리 달인인 척하고 싶어 한다는 것이다. 자식이란 항상 어머니의 요리 솜씨에 못 미치는 척해드려야 마땅하다.

확실히 스타일은 전수되는 모양이다. 나는 엄마를 닮아

전형적인 '우르르 쾅쾅' 스타일이다. 어머님의 압력성 칭찬은 "넌 정말 금방 하대"다(속뜻은 '제발 남편 밥 좀 해주라'). 그렇다. 나는 빠르다. 손님 청해놓고 한 시간 전에 요리 시작하고, 손님 앉혀놓고 요리하는 경우도 적잖다(손님과 함께 요리하자고 청하기도 한다). 명절 음식도 두세 시간에 우르르 끝낸다. 그렇지만 나는 어머님께 잘 배워서 첫째, 둘째 따지는 계획파다. 다만 잔소리를 하지 않는다고 자부하지만 나의 훈련된 조수들인 남편과 두 딸에 의하면 내 잔소리도 만만찮다는 평이다.

충실한 조수들이 있다는 것은 물론 나의 속도내기에 크게 도움이 된다. 남편은 수준급 칼잡이로 변신했건만 여전히 조수 역할에만 머무르니 답답할 노릇이다. '이왕 할 거면 내 것으로 만들자'는 나의 지론이 영 먹히질 않는데, 그대로 존중해주기로 했다. 어차피 손해는 자기가 보는 거니까. 딸들은 "우린 엄마가 아니거든?" 하면서 '빨리 하는 법과 개미 내는 법'이란 차근차근 익혀야 한다고 나에게 충고한다. 여하튼 요리의 도제 훈련이란 만만찮은 일이다.

우리가 말다툼 없이 환상적인 팀워크를 맞추는 곳은 옥상파티에서다. 우리 가족은 태생적으로 노천파인 듯싶다. 바깥에서 심성이 부드러워지고 여유로워진다. 노천 시장을 좋아하듯 노천 요리하기, 노천 파티를 좋아한다. 그래서 우리 집의 옥상파티는 우리 모두의 낙원이고, 놀이이며, 장난이고, 요새 유행 말처럼 또 남편 이름 중 한 자처럼 옥상파티는 우리의 '휴'(休)다. 가족끼리, 남녀 짝과 우리 강아지 울럼이와 함께, 여자들끼리, 더 큰 가족들을 불러서, 각기 따로 친구들을 불러서, 요리하고 먹고 마시고 치우고 이야기꽃 피우고 도시의 네온사인을 보고 하늘의 구름을 보고 달과 별을 본다.

휴일마다 우리는 옥상파티를 한다. 새벽시장에 갔다온 일요일, 옥상에서 맞는 브런치는 여전히 가장 근사한 가족 파티다. 봄을 옥상파티로 맞고 여름을 옥상파티로 지샌다. 두 어머니의 기억을 새기고, 보스턴 헤이마켓의 추억을 되씹고, 우리가 가봤던 온갖 시장을 새기고, 먹었던 별미들을 다시 더듬고, 삶의 황홀한 순간들을 떠올리며 요리를 통해 이 순간을 다시 뜻있는 순간으로 만든다.

물과 불로 하는 황홀한 장난, 요리. 요리를 축복하라!

주철환

주철환

교수. MBC 프로듀서로 17년 동안「퀴즈 아카데미」「우정의 무대」
「일요일 일요일 밤에」「대학가요제」「테마 게임」등을 연출했다.
PD로 일하는 동안 방송위원회가 발행하는『방송 21』의
'시청자가 뽑은 최고인기 PD' 1위,『스포츠서울』이 제정한
'대중문화계 영향력 있는 인물'(TV부문) 1위 등으로 선정되었으며,
국내 PD로는 유일하게 그에 대한 연구서인『주철환론』이
간행되기도 했다. 주요 저서로는『더 좋은 날들은 지금부터다』
『청춘』『주철환의 사자성어』『PD마인드로 성공인생을 연출하라』
『거울과 나침반』『인연이 모여 인생이 된다』
『재미있게 살다가 의미 있게 죽자』등이 있다.
이화여대 교수, OBS 사장을 지냈으며, JTBC 대PD로 활약하다
현재는 아주대학교 교수로 재직하고 있다.

바나나를
추억하며

「명랑소녀 성공기」라는 제목의 드라마가 있었다. 만화 같은 이야기지만 꽤 인기를 끌었다. 한 가난한 소녀가 역경을 딛고 일어나 꿈을 이룬다는 줄거리였다. 주인공 양순이역을 탤런트 장나라가 똑 부러지게 연기했는데 한동안 그녀의 특이한 말투가 유행을 탔다.

그 드라마를 보면서 문득 '배달소년 성공기'라는 드라마도 한 편 만들면 어떨까 하는 엉뚱한 상상을 한 적이 있다. 쑥스럽긴 하지만 이야기의 주인공은 바로 나 자신이다. '성공'이라는 표현이 좀 부담스러운 건 사실이지만 좋은 사람들을 만나서 즐겁게 대화할 수 있다는 사실만으로도 나는 스스로 '성공'했다고 인정하는 편이다.

성공과 행복을 나무에 비긴다면 열매는 비슷하지만 그 뿌리가 다르다. 성공하면 행복하지만 행복하다고 성공한 것은 아니다. 행복은 타고난 것일 수도 있지만 성공에는 시련의 과정이 필수이기 때문이다. 재벌의 아들더러 성공했다고는 하지 않는다. 그는 부모 잘 만나 행복한 사람일 뿐이다.

대부분의 사람들은 그래서 '성공'하는 이야기를 더 좋아한다. 현실에서 못 이룬 꿈의 상처를 드라마나 소설을 통해 쓰다듬고 싶기 때문일 것이다. 역사 속 인물을 다룬 드라마 「허준」이나 「대장금」도 아마 그런 경우일 것이다. 그들은 고난을 극복한 사람들이다. 나 역시 어릴 때 그런 비슷한 과정을 흉내 내며 자랐다. 내 일기장은 늘 현실의 궁상보다는 환상의 자락들로 채워졌다.

어느 날 해질녘에 내가 사는 달동네로 고급 세단 한 대가 황혼을 뚫고 올라온다. 이 동네에선 좀처럼 보기 힘든 차종이다. 검정 양복을 입은 두 젊은 남자가 차에서 내리더니 여기저기 기웃거리면서 누군가에 대해 열심히 묻는다. 흙밭에서 뒹굴던 아이들은 일제히 손가락으로 나를 가리킨다. 신사들의 얼굴에 미소가 번지더니 나를 향해 조심스레 다가온다. "네가 그 아이냐?" 하고 묻더니 내가 고개를 끄덕이자 일시에 태도를 바꾼다. "도련님, 할아버님께서 애타게 기다리십니다." 의아해하는 나를 거의 납치하듯이 차에 태운다.

마침내 '끌려간' 곳은 동화 속에 나옴직한 궁전 같은 저택이다. 육중한 철문이 열리고 넓은 잔디와 수영장을 지나 거실에 들어서자 흔들의자에서 시가를 태우던 점잖게 생긴 할아버지가 입을 연다.

"그동안 고생 많았다. 이 할애비를 용서해라."

나는 울음을 터뜨리며 "싫어, 싫어. 엄마한테 갈 테야" 하며 떼를 쓴다.

출생의 비밀은 드라마의 주요 소재다. 하지만 현실의 초상은 명시거리에 잡힌 그대로인 경우가 태반이다.「소공자」같은 이런 이야기가 어느 날 내게도 펼쳐지지 않을까 눈감고 기대했지만 새벽에 눈을 뜨면 현실의 다락방은 좀약 냄새로 가득할 뿐이었다. 천장에서는 여전히 쥐들이 이리 뛰고 저리 뛰며 생존의 의욕을 과시하고 있었다.

그래, 다시 배달소년으로 돌아가자. 배달, 하면 자장면이나 짬뽕, 아니면 신문이나 우유가 떠오르겠지만 내가 배달한 품목은 주로 라면 몇 봉지나 칼피스처럼 그냥 손에 들고 이동이 가능한 음식물들이었다. 자전거나 오토바이는 물론 없었고 그냥 걸어서 배달하는 원시적 물류방식이었다. 사실

내가 '전속'으로 배달을 맡은 집도 여러 집이 아니라 딱 한 집이었다. 배달소년의 유래를 설명하자면 나의 구차했던 어린 시절을 배경으로 등장시킬 수밖에 없다. 배경음악은 들국화의「행진」을 떠올리기 바란다. 그 노래 가사의 처음 부분은 이러하다.

나의 과거는 어두웠지만
나의 과거는 힘이 들었지만
그러나 나의 과거를 사랑할 수 있다면
내가 추억의 그림을 그릴 수만 있다면

여섯 살 때 어머니를 여의고 나는 내 고향 남쪽 바다(마산)를 떠나 고모의 손을 잡고 상경했다. 삼랑진에서 기차를 갈아타던 풍경이 아스라이 남아 있는 걸로 보아 인간이 기억할 수 있는 과거가 여섯 살 이전임을 증언할 수 있다. 그날 내가 앉았던 의자 바로 뒤에 내 나이 또래의 여자아이가 있었던 기억도 어렴풋이 난다. 아, 추억의 그림은 좀처럼 지워지지 않는다.

이북에서 월남한 아버지는 전국을 떠돌며 장사를 하던 분이었다. 집에 계신 날보다 집 밖에 머문 날이 더 많았다.

솔직히 무슨 장사를 했는지는 지금도 정확히 알 길이 없다. 아버지도 이미 오래전에 돌아가셨고 그렇다고 아버지에 관한 일들을 다시 확인하기 위해 누군가에게 캐묻고 싶은 의욕도 없기 때문이다. 솔직히 아버지와 나눈 대화의 시간이 일생 동안 열 시간도 채 안 되는 것 같다. 이따금씩 서울 고모집에 들러 용돈을 쥐어주셨지만 큰 감사의 마음은 없었다. '난 저런 아버지가 되지 말아야지' 하고 다짐했던 기억만 뚜렷하다.

내가 아버지를 이해하기 시작한 건 내가 아버지가 된 후였다. 몇 장 남아 있지 않은 아버지의 사진을 볼 때마다 내가 아버지를 참 많이 닮았구나, 하는 생각을 한다. 아버지는 아들인 나를 오히려 어렵게 생각한 게 분명하다. 아버지가 내게 품었을 미안함이 못내 안타까움으로 다가온다. 아버지 무덤 앞에서 목 놓아 우는 것보다는 아들에게 더 잘해줌으로써 아버지께 용서를 구해야겠다고 자주 되새긴다.

나는 여섯 남매 중 다섯째였다. 위로 나이 차이가 크게 나는 큰누이가 한 분 계셨고 그 밑으로 다섯 남매가 줄줄이 있었다. 어머니가 달랐던 큰누이는 내가 태어나기도 전에 이미 시집가서 서울에 살고 있었다. 고모네 가게와 그리 멀지 않은 곳이어서 나는 가끔 걸어서 누나네 집에 놀러가곤 했다. 누나네 집엔 텔레비전이 있어서 나는 거기서 드라마도 보고 쇼도 보고 프로레슬링도 보았다. '쇼쇼쇼'라는 프로그램에 나와 「커피 한 잔」 「님아」를 열창하던 펄시스터즈를 보며 그들의 춤과 노래에 흠뻑 빠졌던 기억이 생생하다. 나중에 방송사에 들어와서 그 당시 「쇼쇼쇼」를 연출한 PD분을 직접 만났는데 가슴이 두근거렸다. '내 이름이 자막으로 들어간 프로를 보며 자란 어린이가 먼 훗날 후배 PD로 입사해 나를 찾아온다면 이 비슷한 기분일까' 하는 생각도 들었다.

> "내 평생 처음 먹어보는 바나나였다.
> 돌아오면서 먹는데 입에서 살살 녹는 맛이었다."

어머니가 갑자기 돌아가셨을 때 우리 다섯 남매의 나이는 열여섯 살부터 네 살까지였다. 위로 고등학생 누나와 맨 아래 간신히 걸음마를 시작한 여동생 사이에 아들 셋이 있었고 나는 아들로 막내였다. 슬하에 자식도 없이 일찍 홀로 되신 고모는 서울에서 조그만 가게를 하셨는데 부드러운 외모와 달리 매우 억척스런 분이셨다. 별명도 영화 제목에서 빌려온 '또순이'였다. 그 당시에 '또순이' 하면 자립심이 강한 여성을 가리키는 대명사였다.

오빠네 가정이 풍비박산날 것을 염려한 고모는 조카들 중 한 명을 데려다 키우기로 결심했다. 원래는 막내 여동생이 '스카우트' 대상이었으나 기차에 올라타서까지 너무 울어대는 바람에 옆에서 배웅하러 나온 내가 졸지에 선택되었다고 들었다. 나는 잘 울지 않는다는 이유 하나로 우리 남매들 중 유일하게 표준말을 구사하는 사람이 되었다.

고모님은 돈암동시장에서 북청상회라는 가게를 운영하셨다. 물장수로 유명한 북청은 아버지와 고모의 고향이었다. 고모는 내가 가게에 내려와 일하는 것을 원치 않으셨다. 내려왔다고 말한 것은 위층이 살림집이고 아래층이 가게였기 때문이다. 이층집이라고 그럴듯한 양옥을 연상한다면 큰 오산이다. 다닥다닥 벌집처럼 붙은 상가 중 한 허름한 가게였을 뿐이다. 시장 사람들은 북청상회라는 이름보다 가게 호수인 126호로 더 즐겨 불렀다.

초등학생인 내가 물건을 배달하는 것은 상상도 못한 일이었는데 유독 어떤 한 집에만 배달을 가끔 가게 된 사연은 이러하다. 단골손님인 아주머니가 계셨는데 그분도 이북에서 내려온 분이셨다. 한눈에도 우리와는 삶의 규모가 달라 보이는 부잣집 사모님이었다. 그분이 어느 날 가게에서 노는 나를 보고 유달리 깊은 관심을 보였다. 눈길을 떼지 못할 정도로 무척 귀여워하셨다. 어린 내가 짐작하기에 그분에겐 자식이 없는 모양이었다. 사고로 잃었거나 원래 없었을 것이다. 한번은 고모에게 청하여 나를 그분이 사는 집까지 데려가셨다. 커다란 돌사자가 집 앞을 지키고 있는 엄청나게 큰 양옥이었다. 으리으리하다는 표현이 딱 어울리는 집이었다. 겁먹은 표정으로 두리번거리는 나를 탁자에 앉히더니 사이다를 한 잔 따라주셨다. 그러고는 인자하게 웃으며 '학교 다니는 거 재미있니' '고모님은 잘해주시니' 등 여러 가지를 물으셨다.

그 뒤로도 아주머니는 여러 차례 나를 집으로 데려가시더니 언제부턴가는 아예 나를 '배달소년'으로 임명하셨다. 고모도 굳이 말리지 않았다. 한번은 저녁이 가까운 시간인데 밥을 먹고 가라고 굳이 권했다. 나는 집에 가서 먹어야 한다며 청을 뿌리쳤다. 솔직히 남의 집에서 밥을 얻어먹고 싶지는 않았다. 아주머니는 잠깐 기다리라고 하더니 선반에서 내게 무슨 노란 과일을 하나 꺼내주셨다. 바나나였다. 내 평생 처음 먹어보는 바나나였다. 돌아오면서 먹는데 입에서 살살 녹는 맛이었다. 고모에게 남은 껍질을 보이며 '나 오늘 바나나 먹었다'고 자랑했더니 빙그레 웃으셨다. 그해 가을 소풍 가는 날 고모가 바나나와 사이다, 그리고 새알 초콜릿을 가방에 넣어주신 걸 기억한다.

어느 날 방과 후에 고모가 심각한 표정으로 내게 물었다. 평소에 없던 일이었다. 그날 둘 사이의 대화를 드라마처럼 재연해보겠다.

"너 그 돌사자 집 알지?"

"응, 근데 왜?"

"그 아주머니 어때?"

"뭐가 어때?"

"널 아주 이뻐하시잖아."

"……."

"그 집에서 널 달라는구나."

처음엔 무슨 말인지 이해가 가지 않았다.

"그게 무슨 말이야?"

"널 아주 데려다가 키우고 싶대. 엄마 아빠가 되겠다는 거지."

"난 아빠가 있잖아. 고모도 있고."

고모는 잠시 호흡을 가다듬는가 싶더니 차마 하기 힘든 말을 꺼냈다.

"근데 그 집 가면 너 먹고 싶은 거 마음대로 먹을 수 있잖아. 바나나도 매일 먹고."

나는 고모가 나를 놀리고 있다는 생각이 들었다.

"그래서 날 준다고 그랬어?"

"아니, 네 의견이 중요하니까. 넌 가고 싶니, 안 가고 싶니?"

"배달 가는 건 몰라도 아주 그집 가서 사는 건 이상하지. 내가 왜?"

고모의 얼굴이 환하게 변해갔다.

"그럼 안 간다는 말이지?"

"물론이지."

그러면서 한마디 덧붙였다.

"그까짓 바나나 안 먹으면 어때?"

그날 밤에 고모랑 나는 그 비싼 바나나를 두 개씩이나 먹었다.

"나 다시는 그 집에 배달 안 갈 거야."

"왜?"

"이상한 아줌마잖아. 왜 남의 애를 자기애로 만들려고 그래?"

"네가 너무 귀여우니까 그렇지."

그날 이후로 나는 더 이상 배달소년이 아니었다. 그 아주머니의 얼굴도 더 이상 보지 못했다. 천장에서는 여전히 쥐들이 붐볐지만 그 소리가 그다지 싫지 않았다. 다락방은 나를 키운 즐거운 상상의 공간이었다. 제사 때 쓰려고 둔 백화수복(청주)을 홀짝홀짝 마시며 나는 스스로 왕자도 되고 거지도 되었다.

라디오에서 흘러나오는 편지 사연 중에 바나나와 관련된 일화가 귀에 맴돈다. 입원한 친구가 누워서 바나나 먹는 모습을 보고 나도 다쳤으면 좋겠다고 중얼거렸다는 이야기. 시간이 흘러 지금은 바나나가 지천이다. 값이 너무 싸니까 아이들도 바나나를 좋아하지 않는 듯하다. 옥수수보다 바나나가 더 싸게 팔릴 줄이야 누가 짐작이나 했겠는가.

어쩌다 바나나를 먹을 때면 그 돌사자 집이 생각난다. 아주머니는 진짜 나를 양자로 삼으려고 했을까. 그때 내가 만약 그집에 양자로 갔으면 그 뒤엔 어떻게 됐을까? 그럴 리는 없겠지만 「TV는 사랑을 싣고」에 초대 손님으로 나간다면 그 아주머니를 한번 만나고 싶다. 아직 살아 계실까? 그 아주머니에게 꽃다발 대신 바나나를 한 바구니 선물하면 아주머니는 무슨 말씀을 하실지 궁금하다.

홍승우

홍승우

만화가. 홍익대 시각디자인과를 졸업했다. '네모라미'라는
만화 창작 동아리를 만들어 작품 활동을 본격적으로 시작했고,
1998년 『한겨레리빙』에 「정보통 사람들」을 그리면서 프로 만화가로
정식 데뷔했다. 1999년부터 『한겨레신문』에 연재한 젊은 부부의
아기자기한 일상과 아이를 키울 때 겪는 희로애락을 그린 「비빔툰」으로
한국의 대표 만화가가 되었다. 2001년 '오늘의 우리만화상'을,
2002년 한국출판만화대상 출판상을 수상했다. 그린 책으로
『비빔툰』『야야툰』『만화 21세기 키워드』『소년 파브르의 곤충모험기』
『개미광 시대』『액션 버그』『그린벨트 대작전』
『이그너벨 박사의 과학실험 대소동』 등이 있다.

아침에 눈을 뜨자마자
따뜻한 밥상을 생각했다.

하지만 출근 시간이 너무
늦었다. 아침을 거른다.

젠장, 먹고살기
되게 힘드네!

우리는 '먹고살기' 위해
'먹는 것'을 포기하면서
산다. ···

오늘은 남편이 음식 준비를 한다.
떡볶이다.
요 앞 가게에 있는 포장마차에
뛰어나가 사오면 간단할 것을
음식 만들기엔 젬병인 남편이
끙끙거리며 떡볶이를 만든다.
너무도 지루한 일상. 그리고
반복되는 지루한 일상으로 인해
부부 사이조차 무감각해짐을
느끼게 된 어느 순간.
보수적인 남편이 지루한 일상과
고통스런 고요를 깨기 시작했다.

 우리는 변화를 갖기 위해
음식을 만들어
먹기도 한다.

158

하루가 어떻게 갔는지 모르겠다.
내 시간이라고는 단 1분도 없다.
애들을 재우고 나니 밤 10시.
나도 졸리다. 그러나 하루가 너무 아깝다.
그럴 때면 나는 큰 컵으로 커피를
한 잔 마신다. 밤에 마시는 커피.
밤새 뜬눈으로 보낼 것을 알면서도
다음 날이 괴로워질 것을 알면서도
나는 밤 10시에 독한 커피를 마신다.
나만의 시간을 갖기 위해서 말이다.

나는 보상받기 위해 음식을 먹는다.

한 돌된 딸아이가
소량의 침을 흘린다.
휴지로 닦아주는 것이
당연한 일임에도
때로 부모들은 그것을
핥아 먹기도 한다.

사랑하는 연인들은
키스를 통해 타액을 먹기도 한다.

그리고 립스틱을 먹기도 하고
그녀 얼굴에 덮인 화장품을 먹기도 한다.

대론 그녀의 체액,

우리는 사랑에 빠지면
평소에 불쾌하게
생각했던 것들을
먹기도 한다.

그 남자의 체액을 먹기도 한다.

161

독방에 갇힌 빠삐용에게
코코넛이 몰래 들여보내진다.
그리고 반으로 쪼개진 코코넛 속에는
감옥 친구 드가의 쪽지가 들어 있다.
"하루에 한 입씩. 건강 잃지 말기를."
그러나 얼마 안 되어
간수에게 들키게 되고
그 대가로 몇 달간 빛까지 차단된
생활을 보내는 빠삐용.
극도의 괴로움 때문에
코코넛 제공자의 이름을 말할 뻔했지만
벽 속에 숨겨놓은 친구의 쪽지를
먹으며 다짐한다.
결코 친구를 배신하지
않겠노라고.

우걱
우걱

사람은 때로는
신의를 위해
음식이 아닌 것을
먹기도 한다.

코코넛

162

프랑스의 여배우 바르도가
개고기를 먹는 한국을 야만인 운운하며 비난했다.
하지만 수백 년간 이어온 한 나라의 음식문화를
자신의 잣대로 평가한 그녀의 언행이
오히려 스스로를 저급한 인간으로 만들어버렸다.
때론 사람들은 외모만 보고 사람을 평가하듯
음식만 보고 그 민족을 평가한다.

다시는 먹고 싶지 않은 음식이 있다.
그런 음식에는 그만한 사연들이 들어 있다.

아버지는 청국장을 드시지 않는다.
사업에 실패하고 여관을 전전할 때
한동안 드셨던 음식이 청국장이다.
음식은 기억이다.

음식으로 이야기를 만든다.
'맛의 달인'이라는 요리만화가 있다.
현재 백여 권의 단행본이 출판되었고
그 연재의 끝이 어디인지 알 수 없는
일본 만화다.
맛의 달인을 기점으로 해서
'미스터 초밥왕' '명가의 술'
'라면짱' '아빠는 요리사'
그리고 허영만의 '식객'까지.
요리만화에도 역시
대결구조가 등장한다.
진정한 맛의 승리자를
가리자는 것인데···
도대체 사람은 경쟁을 안 하면
입안에 가시가 돋나보다.

맛의 달인
지로

음식이 인간의 본질을 확인하게 한다.

164

햄버거, 새우버거, 치킨버거, 핫윙, 너겟,
애플파이, 셰이크, 콜슬로, 비스킷, 치즈스틱,
프렌치 프라이, 코크, 환타, 사이다, 피자, 컵라면…
자본주의가 만든 여러 가지 실패 중에서
음식에 관한 실패가 있다.
대량생산이 그것이다.
대량생산된 음식에는 정성이 없다.
정성은 인간을 담백하게 만든다. 그리고 절제가 있다.
그래서 정성이 들어가지 않은 음식을 자주 섭취하게 되면
절제되지 않은 불필요한 영양분들 때문에
비만과 성인병에 걸리게 된다.
이는 넘치게 먹은 후 소화제를 먹는 어리석음과 같다.

2035년 드디어 음식이 알약으로 시판됐다.
현재 지구상에 있는 만오천 종류의 음식을 알약으로 만드는 데)
20년이란 기간이 걸렸으며 음식의 맛을 충분히
느낄 수 있을 뿐만 아니라 포만감을 단계별로 나누어
판매하기 때문에 다이어트 효과에도 탁월한
것으로 드러났다.

이 알약음식은 몸의 영양분 제공뿐만 아니라
항암제 역할과 피로누적을 없애주고 체내 중금속을 배출시키며
노화방지 및 치매예방, 그리고 지적 능력까지 상승시키는
효과를 발휘하며 특히 비아그라 기능이 추가되어 약품과 식품의
경계를 무너뜨리는 medifood로 불려진다. 이 medifood는
편리함과 유익함으로 인해 사회생활의 고속화와 현재 정부가
가장 심혈을 기울이고 있는 프로젝트인 '전 인류 디지털 산업화 달성'에
큰 원동력이 될 것으로 보인다. medifood의 제조 및 판매사인
미국 upgrade사의 한 관계자는 medifood가 인간탄생 이후
가장 편리하며 인체향상의 최고점에 이른 음식이라고 발표하고

현재 이 식품보다 더 혁명적인 음식 개발을 진행 중에 있으며,
공기를 마시듯 대기 중에서 음식을 섭취할 수 있는 방법을
모색하고 있다고 밝혔다.
한편 세계 요리사 및 식당 협회의 일부 회원들이 이에 반발,
이 식품을 제조 판매한 upgrade사에 불법 침입하여
식품과 약품 연구실은 물론 제조공장 그리고 창고에 방화한 사실이
검찰조사에 의해 드러나 새로운 사회문제가 파생되는 것이 아닌가
우려하고 있다.

음식은 여유 아니던가.
기술력이 여유를
빼앗아가서는 안 된다.

167

김갑수

김갑수

시인·문화평론가. 1984년 『실천문학』을 통해 등단.
시집 『세월의 거지』, 음악에세이집 『텔레만을 듣는 새벽에』
『삶이 괴로워서 음악을 듣는다』 인문교양서 『작업 인문학』 등을 냈다.
TBS 심야 팝 프로그램 「김갑수의 마이웨이」를 2018년까지 진행했고,
몇몇 예능 프로그램에 출연하고 있다.

에스프레소,
그리고 혼자 가는 먼 길

사는 일이 일종의 소동(騷動)인 종류의 사람이 있다. 소동의 배경에는 과잉이라는 지병이 풀무질을 한다. 소동파의 인생은 언제나 과하고 언제나 격하여 냄비 바깥으로 끓어 넘치다가 종내는 무리에서 튕겨 나간다. 튕겨 나간 자리에서 아주 잠시 한적(閑寂)의 망망대해가 펼쳐질 즈음이면 큰일이라도 날세라 순식간에 또 다른 소동을 개발해 일을 벌인다. 그러니까 소란스러운 인생은 3박자 왈츠를 추는 것이다. 소란-정적-소란, 소란-정적-소란……

'도대체 왜 그러니?'

소동파가 가장 빈번히 스스로에게 되묻는 말이다. 누군

들 좋아서 그러하랴. 과잉의 널뛰기는 결코 평온한 일상을 허락지 않는 법인데, 누가 밥 먹듯이, 아니 밥 먹으면서 널뛰기하는 것을 즐기겠는가. 제가 저지른 소동에 자빠져 헐떡헐떡하면서 분연히 외쳐도 본다.

'나도 이런 내가 괴롭도다!'

'그럼 도대체 왜 그러니?'

아, 이젠 그놈의 결핍감 이야기는 하고 싶지가 않다. 결핍은 나의 힘이라는 둥, 눈물 젖은 결핍을 씹어보지 못한 사람과는 인생을 논하지 말라는 둥, 결핍이 그대를 속일지라도 결코 노여워하지 말라는 둥……. 결핍이 과잉을 부르고 과잉은 소동을 낳고 그로 인해 마침내 사망에 이르리라……는 둥. 그러나 어쨌든 이야기의 출발지점에서 자기 존재증명의 유일 화두를 내려놓을 수는 없으리라.

결핍감! 어릴 때 엄마젖을 거의 못 먹고 자랐다는 일가(一家)의 증언이 수두룩한 터라 애정결핍이 됐건 어린 영혼의 빈터가 넓었건 바닥 모를 결핍감에 시달리는 반작용으로 욕망의 쏠림현상이 생겨난 건 사실인 것 같다.

몰두(沒頭), 그것이다. 항용 무엇엔가 대가리를 처박아야, 그것도 빡세게 처박아야 직성이 풀리는 성정이었다. 그런데 그 대가리가 대략 중딩 시절부터 문화·예술·고급·고상·순수, 뭐 이런 쪽을 선망하는 것으로 방향을 잡았다. 가난한 천출(賤出)의 반작용을 뭐 빠졌다고 자랑삼겠는가. 그냥 그렇게 됐다는 말이다. 일찍 시와 음악을 알았고 나머지에 해당되는 일상의 삶은 몽땅 떨이로 긁어모아 세속(世俗)이었다. 니체가 반시대적 고찰을 했다면 나는 반세속적 고찰에 온갖 폼을 잡고자 했다. 뭐, 그냥 그렇다는 말이다. 그리고 그게 평생이 됐다.

"너처럼 몰취미한 인간은 처음 본다."

독서와 음악감상이라는 취미생활을 방송에서 팔아먹고 사는 나에게 어떤 음악평론가가 선고한 말이다. 몇 개월 사사로운 친분을 나누고 나서 그가 내린 감별진단이 몰취미라 함은 더러는 비난이고 더러는 조롱이거나 연민일 텐데, 어쨌든 들킨 것이다. 그렇다. 취미라는 게 여유와 시간의 자유를 의미한다면 어쩌면 나는 몰취미하면서 성실한 직업인일지도 모른다. 그러나 먹고살자고 책 읽고 돈 벌자고 음악 듣지는 않았다. 오히려 그 반대로 먹는 일, 사는 일을 집요하게 훼방한 것이 그것들이다. 그러니 취미라는 직업과 몰취미라는 생활이 어떻게 연대하고 있는지 그 평론가 친구가 간파하지 못한 부분을 규명하는 것이 이 아리송한 글의 목적일 것 같다. 물론 부잡스러운 소동파 인생길의 내력을 별첨으로 달고서.

173

나의 대가리 처박음, 곧 몰두의 방향은 음악이다. 아예 유명해져버렸는지도 모른다. 김 모라는 전직 시인, 현직 문화평론가께서는 일평생 죽어라고 음악만 들었다더라, 삶이 괴로워서 음악을 듣고, 텔레만을 듣는 새벽에 흘러간 옛사랑의 그림자를 부여안고 가슴을 쥐어짠다더라…… 물론 자가발전도 없지 않겠지만 많은 경우 소문에 날개가 달려 몇 배로 부풀려진 전설이 떠돌아 당사자도 감당할 수 없는 지경에 이르고는 한다.

몰두가 음악으로 처박혔다는 것을 정확히 표현하자면 많은 음반을 사서 쌓아놓고 수없이 여러 번 오디오 기기를 교체했다는 뜻이다. 그건 전부 사실이다. 바로 며칠 전에도 새로운 프리앰프를 또 하나 구입했고, 아직 분류조차 하지 못한 LP들이 작업실 곳곳에서 번잡을 떤다. 그짓을 하느라 얼마나 소동을 피우고 있는지는 이미 여러 지면에서 떠들었다. 그러나 그럼에도 불구하고 사족을 거듭할 사항이 몇 가지 남는다.

첫째, 왜 몰취미한 인간이라는 진단을 받을 만큼 음악 한 가지에만 단순우직으로 몰두하고 있는가.

둘째, 왜 그 음악질을 즐거움이 아니라 항상 괴로움으로 느끼고 있는가.

'한 놈만 죽인다!'

「주유소 습격사건」에서 유오성은 이렇게 선언했다. 여기에 내 기질을 첨가하여 새로 구성하면 이렇다.

'끝까지 가본다!'

첫째 항, 음악으로 향한 몰두의 단순우직성은 이에 근거하고 있다. 실제로 음악 언저리에서 놀아보면 음악질하는 게 한 놈, 즉 한 분야이기는커녕 세상의 모든 것과 동격이라는 것을 알게 된다. 소란-정적-소란의 3박자 왈츠는 음악 내부에서만 맴돌아도 소재는 무궁무진하다. 불가피하게 어딘가에 대가리를 처박아야 하는 것이 타고난 팔자라고 한다면 그곳이 음악인 게 얼마나 다행인지 모르겠다. 음악질은 다른 것에 기웃거릴 틈을 전혀 주지 않으니까. 실제로 모든 시간을 잡아먹고 모든 돈을 삼켜버리는 데 다른 무엇이 틈입할 수 있으랴.

그런데 그게 왜 다행일까. 나는 현생인류가 범죄라거나 패륜, 악행 따위로 규정해놓은 여러 가지 인생의 깊고깊은 맛을 탐닉했을 가능성이 농후한 종자였다. 그러나 그럴 틈이 없었다. 음악질에 너무 바빠서 자동으로 합법 도덕이 된 것이다. 한 놈만 죽이러 끝까지 간다. 아니 한 놈만 죽여야 끝장까지 가볼 수 있다. 이것으로 세상사에 서툴고 무능한 천성이 면책될 수 있을까, 아닐까.

둘째 항, 음악이 음락이 아니라 괴로움인 데에는 또 다른 내력이 있다. 고딩 시절까지 음악은 분명 문화·예술·고급·고상·순수, 뭐 이쪽의 영역이었다. 그러나 죄송하게도 대학생이 되면서 천출따라지의 분기탱천이 급기야 시대의 대세를 타고 '민중'을 기웃거리게 되었다. 애오라지 4년 꼬박 산동네에서 야학을 했다. 민중과 자유주의의 분열은 생각보다 졸경이었다. 1970~80년대 대학 통과자 대부분의 기본정서일 것이다.

나는 내가 사랑하고 탐닉하는 서구식 문화예술을 명예스러워할 수 없는 처지에 직면했다. 그렇다고 민중적 단순으로 전향할 수도 없었다. 위선보다 더 나쁜 위악이 바로 그런 의도적 전향이라고 생각한다. 정체를 숨겨야 했고 그것이 진정으로 괴로웠다. 타협이 필요했고 자기 합리화가 요구되었다.

타협인즉 일상의 포기였다. 아니, 생각해서 결론에 도달했다기보다는 불가항력적인 현실이었다. 레코드를 사고 오디오를 바꾸느라 무지막지한 돈을 저지르는, 그 초호화 사치의 대가로 일상의 처절을 달게 받기로 했다. 나는 정말 아무거나 먹고 아무거나 입고 아무데서나 자면서 막 살아왔다. 다른 방도가 없기도 했지만 나의 막먹음과 막입음과 막

잠은 기묘한 자아충족감을 안겨주는 생활 습관이 되었다. 한창 멋 부리는 나이에 그래보지 못했고 주변의 즐비한 식문화가들이 미식·탐식을 구가할 때 나는 육이오 식습관을 자랑스레 과시하곤 했다.

> "홀로 있는 사람에게 니코틴과 카페인과
> 사운드는 찰떡처럼 조화를 이룬다."

괴로움도 습관일까. 지금 나는 민중과 자유주의의 분열을 전혀 느끼지 않는 해방된 무덤덤이가 되었지만 음악과 함께하는 삶은 여전히 버겁고 괴롭다. 전도(顚倒) 때문일 것이다. 물구나무를 서면 머리로 피가 몰린다. 생활과 취미가 전도된 삶을 살면서 시침 뚝 떼는 표정 뒤에는 눅눅한 진땀이 흐른다.

음악 한 가지에만 몰두하면서 허접스레 아무렇게나 산다는 지향은 대체로 지켜졌다. 하다못해 운전을 배운 적도 레저를 즐긴 적도 없으며 근년에 들어 내 기준으로 볼 때 엄청 수입이 많아졌어도 삼겹살집 이상을 스스로 기웃거려 본 일이 없다.

그러나, 글쎄, 그것이, 그만, 소동도 나이를 먹는다니깐!

이제 3년 차, 내 인생에 드디어 또 다른 몰두가 생겨났다. 이번에는 먹는 종목이다. 음악쟁이의 길은 고립의 길이었다. 2만여 장의 판을 사러 다니는 동안, 최소 100회 이상 오디오를 교체하러 풀방구리처럼 세운상가와 용산을 드나드는 동안 가까운 사람은 점점 제한되었고 연락해주는 사람도 없게 되었다. 어떤 단체에도 가입하지 않는다는 거룩한 신념도 작용했을 터이고, 부담스럽고 피곤한 사람이라는 나에 대한 평판을 전해 듣고 제풀에 사람을 피해 다니게 된 탓도 있다. 일하는 시간 외에는 언제나 혼자 지낸다. 그러면서 가만 생각해보니 음악을 듣거나 책을 읽는 외에 가장 빈번하게 하는 짓이 커피를 질금거리는 것이었다. 홀로 있는 사람에게 니코틴과 카페인과 사운드는 찰떡처럼 조화를 이룬다. 커피, 커피의 신천지를 찾아보자!

사는 일이 일종의 소동(騷動)인 종류의 사람이 있다. 소동의 배경에는 과잉이라는 지병이 풀무질을 한다.

정확히 말해 에스프레소 커피를 탐닉하게 되었다. 그냥 에스프레소 한 잔 만들어 먹는 건데 뭐 얘깃거리가 있겠는가. 하지만 소동이 아니라면 가지를 않고 소란이 아니라면 하지를 않는 종류의 사람이 커피를 만든단다. 어쩌겠는가. 나는 짧은 기간에 에스프레소 머신 다섯 대, 배전두 그라인

더 세 대, 생두 로스터 두 대를 사들이며 별의별 생두를 다 볶아봤고 섞어봤고 갈아봤고 뽑아봤다. 그 와중에 인터넷을 통해 이탈리아와 네덜란드에서 기계를 사들이며 별 희한한 착오와 사기와 실수를 다 겪어보았다.

이탈리아어 에스프레소란 영어로 익스프레스(express), 빨리 만들어 먹는 커피라는 말이다. 우리가 원두라고 부르는 배전두는 열매 상태(피베리, peaberry)의 커피콩에서 과육을 제거해낸 생두(그린빈, green been)를 볶아낸 것을 말하는데, 대략 여덟 단계로 구분되는 로스팅 방법 가운데 가장 오래 짙게 볶아낸 배전두를 매우 미세하게 갈아서 펌프 혹은 레버를 통해 대략 20초 내외로 뽑아 내리면 에스프레소가 만들어진다. 데미타세라고 불리는 작은 용량의 전용잔에 3분의 1 정도는 황적색 거품이 떠야 한다. 이 거품을 크레마라고 부르는데, 에스프레소가 빨리 만들어지듯이 마실 때도 크레마가 흩어지기 전에 원샷으로 재빨리 마셔야 한다. 나는 이걸 집에서 네댓 잔, 작업실에서 그 이상, 대략 하루 열 잔 이상을 만들어 먹는다.

에스프레소의 묘미는 그것을 만드는 과정에 있다. 먼저 사전에 네 가지 중요사항이 완비되어야 한다. 첫째, 배전한지 일주일, 적어도 열흘이 넘지 않은 신선한 원두가 있어야 한다. 둘째, 정수기로 걸러낸 맑은 수돗물이 있어야 한다(철분이 많은 생수로 차를 만드는 것은 난센스다). 셋째, 강력한 펌프를 갖춘 머신이 있어야 한다. 그리고 넷째, 으깨는 방식으로 커피를 가는 질 좋은 버 그라인더(Burr Grinder)가 있어야 한다. 이것이 기본이다.

먼저 커피 품종을 잘 선택한다. 월렌포드 농장의 블루마운틴이 최상이네 어쩌네 하지만 가격이 열 배 이상이라 엄두를 내기 힘들다. 커피 품종은 크게 아프리카 고산지대와 남미에서 나오는 아라비카종과 동남아산 로부스타종으로 나뉘는데, 로부스타는 300원짜리 자판기용 재료라고 보면 된다. 커피의 심장(heart of coffee) 에스프레소를 만드는 데 아라비카종을 사용해야 하는 것은 물론이다. 경험적으로는 케냐 AA 혹은 MH와 짐바브웨 스페셜티, 만데링 수마트라 등을 좋아하는데 어쨌건 남미산보다는 아프리카산이 우월한 것 같다. 물론 여러 가지 종을 블렌딩하기도 하지만 일단은 단종으로 시작하는 것이 좋다.

선택한 원두를 가는 것(그라인딩)이 다음 순서다. 바리스타(커피쟁이)의 실력 차는 여기서부터 벌어지는데 무조건 미세한 것만이 능사는 아니며 최적의 알갱이 굵기는 그때그때의 실내습도와 온도에 따라 조절해주어야 한다. 이 역시 경험의 소산인데, 권장하는 굵기보다 약간 더 굵게 가는 것이 결과가 좋은 편이었다. 많은 양을 미리 갈아놓는 것은 금물이다. 계량스푼으로 한 번에 먹을 양만 갈고 나머지는 곧장 밀봉해두어야 선도가 유지된다.

그라인딩한 원두가루를 에스프레소 머신의 홀더에 담는 일을 도징이라고 한다. 담는 양에 따라 맛의 성격이 달라지니 중요한 과정이지만 더욱 중요한 것은 도징한 커피를 탬퍼로 눌러 다지는 일, 즉 탬핑에 있다. 대략 35파운드가 권장 압력이라고 하는데, 한 손에는 커피 담은 홀더를 또 한 손에는 탬퍼를 쥐고 예술의 경지로 지그시 눌러준다. 압력이 과하면 씁쓸해지고 덜하면 뭐가 뭔지 모를 이상한 액체가 나온다. 가정에 흔히 있는 체중계를 놓고 누르는 연습을 꽤나 해야 하는데 주위에서 그걸 보면 눈뜨고 그냥 두질 않는다.

"너 그 나이에 뭔 짓이냐?"

탬핑한 커피 홀더를 머신에 부착하는 일은 멋스러움이 관건이다. 설사 아무도 보는 사람이 없더라도 사진이나 영화에서 본 이탈리아 전문 바리스타들의 그 멋진 폼, 그에 걸맞게 순식간에 칼날같이 정확하게 그러나 매우 힘 있게 홀더와 펌프를 일치시킨다. 그런데 전문 바리스타와 달리 가정에서 에스프레소를 만들 때 줄곧 실패하는 것은 성급함 때문이다. 전문인들이 아무 때나 홀더를 휘두를 수 있는 것은 하루 종일 머신을 켜두었기 때문이다. 심지어 프로장비의 경우는 일 년 내내 켜두게 만든 것도 많다. 머신 내부의 보일러에 일정한 온도가 유지되는 것이 대단히 중요하기 때문이다.

하지만 가정용 머신이 그런 성능을 가졌을 리 없다. 요령은 오래 기다리는 것이다. 파워를 넣고 보일러 끓는 소리가 난다고 곧장 작동시키는 것은 실패의 첩경이다. 아예 하루 종일 켜놓든지 그게 아니라면 지루할 정도로, 기계 설명서의 권장 대기시간의 몇 배를 기다리고 또 기다려서 보일링 온도계 눈금이 여러 차례 오르내린 다음에야 일을 시작하는 것이다.

자, 마지막으로 커핑이 남았다. 펌프로 혹은 레버 타입이라면 레버로 물을 내리는 것이다. 미리 잔을 뜨겁게 데워놓는 것은 기본이고, 자극적인 맛을 싫어한다면 잔을 치워 최초의 일부는 버리고 나머지를 받는 것도 요령이다. 보통 데미타세 잔의 3분의 2 정도를 받지만 나는 넘칠 만큼 그득히 받는 습관이 있다. 크레마 위에 설탕 시럽을 띄우는 것은 이탈리아식이고 생으로 그냥 먹는 것은 프랑스식인데 마시는 상황에 따라 선택하면 된다. 가령 고기를 먹은 후라면 그냥 쓰게 마셔도 좋겠지만, 릴렉스를 원할 때는 잔 밑에 설탕을 가라앉혀 뒷맛을 느끼는 것도 좋다.

커피맛은 볶은 정도에 따라 크게 신맛, 구수한 맛, 쓴맛으로 구분되어 나온다. 대개 구수한 맛을 선호하는 편이지만 사실 내려 먹는 드립커피의 참맛은 신맛에 있다. 반면 잘 만든 에스프레소는 한 잔에서 이 세 가지 맛이 동시에 나온다는 데 그 오묘함이 있다. 한 잔이 혀와 목구멍을 통과하는 동안 층위별로 시고 구수하고 쌉싸름한 맛이 연이어지는 것이다. 그러나 아무리 노력해도 내가 만드는 에스프레소에서는 아직 시큼한 맛이 나오지 않는다. 포티올리 매장에서 경험한 그 시큼한 에스프레소가 지금 나의 목표다.

어쨌든 이상의 지킬 사항을 잘 준수하면 누구라도 에스프레소 예술에 근접할 수가 있다. 하지만 문제는 다른 곳에서 찾아왔다. 내 직업은 커피 만드는 일이 아니다. 도대체 일주일에서 열흘 이내에 배전한 원두를 어떻게 지속적으로 입수할 수 있겠는가. 처음 구입한 커피가 이탈리아산 몰리나리였는데 한 깡통에 물경 10킬로그램 짜리였다. 유명한 일리도, 포티올리도 국산 커피명가 제품도 일과를 제치지 않는 한 지속 구입이 쉬운 일이 아니었다. 빨리 먹어치우느라 위장에 구멍이 날 지경이었다. 남들은 어쩌는지 인터넷을 돌아다녀 보았다. 아 멋진 광고!

'식빵은 구운 것을 사지 않으면서 왜 커피는 구운 걸 사는가?'

그러고 보니 날식빵을 사다가 집에서 토스터로 굽듯이, 밥을 사지 않고 쌀을 사다가 집에서 해먹듯이, 생두를 집에서 직접 볶는 것이 해결책이라는 결론에 도달하게 되었다.

우리나라에서는 커피볶기, 즉 로스팅을 집에서 하는 사람이 드물다. 제대로 된 에스프레소 머신을 입수하기도 쉬운 일이 아니지만 커피 로스터를 사기란 하늘의 별따기라고 해야 한다. 짧은 영어 실력 때문에 우여곡절이 많았다. 내 불찰로 엉뚱한 물건이 날아와 반품과 항의를 거듭한 끝에 유명한 알펜로스터를 네덜란드 매장에서 구입했다. 커피 강습에 갔다가 국산 수출품인 이맥스 로스터도 곁다리로 하나 더 구입했다.

커피를 볶는 일은 소리를 듣는 일이다. 대체로 기계가 알아서 해주기는 하지만 1차 크래킹과 2차 크래킹이 일어나는 걸 소리로 확인하고 적당한 시점에 꺼내 헤어드라이어의 찬 바람으로 잽싸게 냉각시켜주어야 한다. 연통을 구비하기 전까지는 곰 잡는 매운 연기에 죽는 줄 알았다. 어쨌든 재미있다. 볶을 때마다 달라지는 그 색조며 향의 세계…….

그러나 역시 관건은 에스프레소 머신이다. 백화점에 진

열되어 비싸게 팔리는 머신들의 황당한 품질이라니! 처음에 멋모르고 국내 백화점 물건을 샀다가 두고두고 분노에 치를 떨어야 했다.

지금 나는 집과 작업실에 걸쳐 두 대의 머신을 사용한다. 하나는 가찌아 제품과 더불어 가정용으로 세계에서 가장 인기가 있을 듯한 란칠리오의 '실비아'이고(가격이 꽤 저렴하다), 또 하나는 국내에 수입된 페이마 A1이다. 후자는 준프로급인데 망한 카페 주인에게서 반값으로 구입한 행운의 결과물이다. 둘다 바디가 철제로 만들어졌다. 쇠붙이가 아닌 야릇한 디자인의 플라스틱 머신은 쳐다보지도 마라.

에스프레소에 입문하고 나니 책상에서 머리 쓰며 일하는 사람들이 왜 이걸 즐기지 않는지 이해할 수가 없는 심정이다. 단순노동이면서 고도의 집중을 요하는 에스프레소 만들기는 일과 중의 해방시간이다. 좀 과하게 빠져 있는 내 경우는 커핑과 커핑을 하는 와중에 일을 한다는 것이 더 어울릴 것 같다. 게다가 거품 밸브를 사용하면 카푸치노를 비롯해 대략 열다섯 가지 정도의 메뉴를 만들 수 있으니 기호의 다양성, 오락적인 즐거움에서도 얼마나 적합한가.

한 사람의 바리스타가 탄생하는 데 유럽에서는 약 10년 세월이 걸린다고 한다. 커피 세계가 그만큼 오묘하다는 반

증일 것이다. 내가 경험한 3년은 겨우 걸음마를 뗀 정도라고 할까. 그나마 사람 모이는 곳을 꺼리는 성격이라 전문강습이며 동호인 모임도 될수록 피하다보니 혼자 헛다리를 짚는 일이 많다. 그러나 그런 방식, 장님처럼 경험으로 더듬는 식으로 살아온 덕에 오디오 라이프가 평생 유지되듯 에스프레소 역시 마찬가지일 것이다. 에스프레소 마시며 음악 듣고 책 읽는 것으로 나는 그럭저럭 먹고산다. 남들에겐 노는 일로 보일지 모르지만 나로선 진지하고 심각한, 그렇지만 즐거운 일이다.

음악 안에서만 온갖 변덕을 떨면서 늙어 죽을 줄 알았다. 그러나 이젠 음악 곁에 짜릿한 에스프레소가 동무를 한다. 나이 먹는 일은 용서가 늘어난다는 것이다. 세상사에 대해, 무엇보다 자기 자신에 대해. 괴로움으로 받아들여야 직성이 풀리던 음악생활 곁에 오직 즐거움으로 충만한 에스프레소 한 잔이 곁을 지킨다. 소동도 나이를 먹는 법이니 나는 이제 이걸 기꺼이 받아들이런다. 그런데 이거 원 소동이 아니면 하지를 않는 자가 있다. 슬금슬금 또다시 새로운 머신들, 거의 예술품에 가까운 일렉트라의 '마이크로 카자 아 레바'도 사용해보고 싶고, '라 파보니' '라 침발리'의 여러 모델도 궁금하기 짝이 없다. 누가 나 좀 말려줘요!

장용규

장용규

교수. 1987년 한국외국어대학교 스와힐리어과(현 아프리카어과)를
졸업한 뒤 인도로 건너가 사회학을 공부했다.
이후 남아공 더반에 있는 크와줄루-나탈 대학교에서 줄루사회의
상고마를 주제로 박사학위를 받았다. 현재 한국외국어대학교
아프리카학부와 국제지역대학원 아프리카학과 교수로
아프리카 민간신앙과 민족정체성을 연구하고 있다.
펴낸 책으로는 『춤추는 상고마』 『세계 민담 전집-남아프리카 편』
『무지개 나라를 꿈꾸는 남아프리카공화국 이야기』 등이 있고,
옮긴 책으로는 『아프리카 종교와 철학』 『상징의 숲』 등이 있다.

줄루는
아무 거나 먹지 않아

인류학을 하기 위해서는 모름지기 무엇이든 잘 먹고 어디서든 잘 자야 한다는 나름대로의 원칙을 갖고 있다. 현지 적응의 제1조건이라고 생각하기 때문이다. 다행히 잠자리와 음식을 가리지 않기도 하지만 인도와 남아공을 건너다니며 생활한 탓에 식성은 어느 정도 국제화된 편이다. 이제는 된장찌개나 김치찌개 못지않게 인도 음식과 아프리카 음식을 좋아하니 말이다.

심지어 커리에는 일종의 중독현상을 보인다. 강렬하고 자극적인 커리 향을 맡으면 파블로프의 개처럼 반사적으로 입에 군침이 돈다. 왜 그리도 커리 향이 짙게 밴 인도 음식이 입맛을 끌어당기던지……. 김치에 대한 그리움보다는 커리가 주는 포만감에 만족했다. 강렬하고도 짙은 커리 향은 인도 유학시절 내내 몸에 배어 공부를 마치고 귀국한 지금도 커리 금단현상을 겪고 있다.

이국적인 음식에 대한 편력은 인도양을 건너 남아프리카공화국으로 이어진다. 인도 음식이 화려하면서 강렬한 반면 아프리카의 음식은 단순하면서도 쉽게 잊기 어려운 강렬함을 각인시킨다.

남아공에 살고 있는 줄루인들의 식단은 간소하지만 인상적이다. 줄루인들의 주식은 밀리(millie)라고 부르는 옥수수로 만든 각종 죽과 아마시(amasi)라고 부르는 발효유. 여기에 호박, 땅콩, 고구마, 감자 등의 작물과 카사바, 얌 같은 열대작물이 나름대로 풍성한 식단을 제공한다.

밀리는 남아공 토종 옥수수가 아니라 16세기경에 포르투갈 선원들이 처음 가지고 들어온 외국종 옥수수. 일반적으로 메이즈(maize)라고 알려져 있다. 밀리는 단위당 생산량이 높고 성장속도가 무척 빨라 짧은 기간 안에 남부아프리카 전역으로 퍼진 대표적인 곡물이다. 칼로리가 높은 반면 단백질 성분이 절대 부족해 펠라그라(pellagra)라고 하는 질병을 불러일으키기도 한다. 피부가 갈라지고 붉은 반점이 생기는 펠라그라는 정신질환을 불러오기도 한다. 정신질환은 남성에 비해 단백질 섭취가 현저히 떨어지는 중년 여성들에게 자주 발생하는데 한 인류학자는 이 정신질환을 신들림으로 해석하기도 한다.

에구투구제니라고 하는 줄루 사회의 한 작은 마을에서 현지조사를 하면서 주식으로 먹었던 것이 바로 밀리로 만든 옥수수죽이었다. 마을 사람들은 집 주변에 크고 작은 밭과 정원을 두고 여기에 일 년에 두 차례 옥수수를 재배한다. 수확기가 되면 마을 사람들은 옥수수를 따다가 통째로 이탈라(ithala)라고 부르는 저장고에 저장한다. 이탈라는 갈대줄기를 성기게 엮어 세운 원통형 저장고로 보통 통풍이 잘 되는 나무 그늘에 설치한다. 옥수수 저장고에서 잘 마른 옥수수는 알갱이가 돌덩어리처럼 딱딱하게 굳게 된다. 옥수수를 바짝 말려 보관하는 것은 습하고 더운 자연환경에서 쉽게 상하지 않기 때문이다.

마을 사람들은 식사준비를 위해 필요한 만큼의 옥수수를 꺼내다 절구에 대충 빻아 옥수숫대에서 알갱이를 솎아낸다. 골라낸 알갱이는 한동안 물에 불린 뒤 물기를 제거하고 다시 절구에 넣고 한 차례 빻는다. 알갱이로부터 껍질을 분리시키기 위해서다. 대충 빻은 알갱이는 키질을 해서 껍질을 걸러낸다. 그런 뒤 알갱이를 다시 절구에 넣고 고운 가루가 나올 때까지 빻는다. 이 과정은 많은 시간과 손을 필요로 하기 때문에 요즈음은 가게에서 옥수수 가루를 사다가 요리를 하기도 한다. 가루를 낸 옥수수의 절반을 펄펄 끓는 물에 넣고 저어주며 졸이다가 나머지 옥수수 가루를 넣어주면 마을 사람들이 주식으로 먹는 푸투나 스띠빱이 된다.

물과 옥수수 가루의 비율에 따라 된죽을 푸투라고 하고, 진죽을 스띠빱이라고 한다. 맛은 담백하면서 심심하다. 고소하면서도 종이를 씹는 것 같은 독특한 맛이 난다. 개인적으로 부드럽고 찐득거리는 스띠빱보다는 거칠고 뻑뻑한 푸투를 좋아한다. 여기에 콩과 커리를 섞어 만든 소스, 호박잎과 양파를 잘게 썬 뒤 기름을 두르고 볶은 야채 반찬을 곁들여 먹는다. 마을 사람들은 간혹 푸투나 스띠빱에 고추를 섞어 먹기도 한다. 그런데 이 고추가 별종이다.

'작은 고추가 맵다'는 에구투구제니의 환경에 딱 들어맞는 우리 속담이다. 숲속 여기저기에 빨갛게 농익은 후추 씨앗 크기의 열매들이 주렁주렁 열려 있는 것을 볼 수 있다. 이게 에구투구제니의 고추다. 우리가 흔히 알고 있는 고추의 이미지와는 너무 다르지만 이 고추를 만만하게 봤다가는 큰코다친다. 에구투구제니의 고추는 그냥 먹을 수 없고 푸투나 스띠빱에 넣고 짓이긴 뒤에 다시 건져내야 한다. 고추에서 나온 즙만 가지고도 재채기가 나올 정도로 맵기 때문이다. 마땅한 반찬이 없을 경우 마을 사람들은 마치 우리가 고추장에 밥을 비벼 먹듯이 그 즙과 푸투를 싹싹 비벼 요기를 한다. 식욕을 돋우는 데는 그만이지만 한나절 동안 입안이 마비될 것을 각오해야 한다.

내가 가장 좋아하는 음식은 샘쁘이다. 마을에서 누가 먹고 싶은 게 뭐가 있느냐고 물으면 서슴없이 '샘쁘'라고 대답한다. 샘쁘는 옥수수와 땅콩이 절묘한 조화를 이루는 음식으로 푸투나 스띠빱의 약점인 단백질 부족을 보충해주는 훌륭한 음식이다. 샘쁘를 만들기 위해서는 상당한 공력이 필요하다. 즉석에서 만들 수 있는 푸투나 스띠빱과는 달리 샘쁘는 하루를 꼬박 투자해야 하는 음식이다.

먼저 샘쁘를 만들기 위해서는 밑바닥이 두툼한 놋쇠 항아리와 은은하게 타오르는 장작불이 필요하다. 음식이 쉽게 눌어붙거나 타는 것을 방지하기 위해서다. 항아리에 물을 약간 채운 뒤 장작불에 올려놓아 물이 보글보글 끓기를 기다린다. 물이 끓기 시작하면 먼저 곱게 간 옥수수 가루를 넣어 항아리 밑바닥을 채운 뒤 땅콩으로 한 켜를 채운다. 그다음에 다시 옥수수 가루를 부어 땅콩을 덮은 뒤 뚜껑을 덮고 약 반 시간을 기다린다. 그 위에 옥수수 알갱이를 한 층 깔고 다시 옥수수 가루로 층을 덮은 뒤 약한 불에 한나절 동안 올려놓는다.

이렇게 만든 샘쁘는 옥수수의 담백함과 땅콩의 고소함이 절묘하게 어우러진다. 다른 줄루 사회에서는 샘쁘에 얇게 저민 양고기를 넣기도 하고 땅콩 대신 노란 콩을 넣는다고 하지만 그런 요리는 왠지 샘쁘의 참맛을 느낄 수 없을 것 같다.

푸투, 스띠빱, 샘쁘가 에구투구제니의 주식이지만 아마시라고 부르는 발효유도 이들 못지않게 중요한 음식이다. 아마시를 맛본 사람은 좋은 의미에서건 나쁜 의미에서건 그 강렬한 맛을 잊기 어렵다. 아마시 특유의 거칠고 시큼한 맛은 말 그대로 야생적이라는 표현이 가장 잘 어울린다. 지금은 아마시의 강렬한 맛을 살짝 죽이고 딸기향, 바나나향, 초코향 등을 첨가한 상업용 아마시가 나오고 있지만 역시 시골에서는 집에서 직접 만든 아마시를 최고로 친다.

아마시를 만드는 방법은 아주 쉽다. 우유를 상온에 방치하는 것이 전부다. 이렇게 놔둔 우유는 당연히 상한다. 에구투구제니처럼 습하고 더운 지방에서는 한나절이면 족하다. 이것을 먹으면 십중팔구 배탈이 난다. 그런데 마을 사람들은 상한 우유를 버리지 않고 따로 보관한다. 그사이에 우유에서 유산균이 생기면서 상한 우유에서 발효유로 변하는 것이다. 아마시와 관련해서는 아직도 기억에 남는 일화가 있다.

더반에서 유학생활을 할 때 흑인학생들과 자취를 했다. 집 관리를 우리 스스로 해결해야 했기 때문에 돌아가면서 당번을 맡아 식당과 화장실을 청소했다. 내가 식당청소를 처음 맡은 날이었다. 평소에 '식당청소를 하면 꼭 처리를 하리라'고 작정한 음식들이 있었다. 냉장고 안에 가지런히 놓여 있는 상한 우유였다.

"자식들……, 마시지도 않을 우유를 냉장고에 썩혀 냄새를 피우다니."

속으로 투덜거리며 선반에 가지런히 진열된 우유통들을 죄다 쓰레기통에 처박았다.

저녁에 학교에서 돌아와 저녁식사 준비를 하던 학생들 사이에서 작은 소란이 일었다.

"오늘 식당청소 당번이 누구야?"

"오늘은 창이 식당청소를 하는 날이지."

"창, 내 아마시 어디 갔어?"

"아, 그거…… 상한 우유. 내가 청소하면서 쓰레기통에 갖다버렸지."

"뭐라고? 버렸다고?"

아뿔싸—. 내가 상했다고 생각하고 내다버린 우유는 사실 학생들이 만들어놓은 아마시였다. 한숨과 탄식. 하지만 이미 쓰레기통에 처박힌 아마시를 어쩌겠는가. 나는 한동안 두고두고 친구들의 핀잔을 들어야 했다.

아마시는 푸투나 스띠빵에도 잘 어울리지만 잘게 자른 식빵에 넉넉하게 부은 뒤 설탕을 한 숟가락 넣어 먹는 것이 백미다. 달콤한 설탕과 시큼한 아마시는 한여름 더위로 잃은 입맛을 돋우는 데 최고의 음식이다.

줄루사회를 기록해놓은 민족지를 보면 줄루인들이 아마시를 얼마나 신성시했는지를 볼 수 있다. 과거에 아마시는 한집안 식구들만 먹을 수 있었으며 가족 구성원 간의 탄탄한 유대를 과시하는 음식이었다. 외부인이나 종교적으로 오염된 사람은 아마시를 먹는 것이 엄격하게 금지되었다. 예를 들어, 같은 성씨가 아닌 사람은 아마시를 나누어 먹을 수 없었으며 갓 시집 온 며느리는 두 달 내지는 일 년 동안 시댁의 아마시를 먹을 수 없었다.

종교적인 오염은 더 엄격해서 월경 중인 여성은 일주일, 아이를 낳은 산모는 한 달, 남편이 죽은 여성은 일 년, 할례식을 마친 아이는 며칠, 살인을 한 사람이나 범죄를 저지른 사람도 정화의례를 거치기 전까지는 아마시를 먹을 수 없었다. 한마디로 줄루사회에서 아마시는 집안의 결속력을 과시하는 성스러운 음식으로 여겨졌다.

> "달콤한 설탕과 시큼한 아마시는
> 한여름 더위로 잃은 입맛을 돋우는 데
> 최고의 음식이다."

아마시만큼 강렬하게 인상에 남는 것은 쇠고기다. 가난이 일상화된 에구투구제니에서 고기를 먹는다는 것은 커다란 행운이다. 특히 쇠고기는 아주 특별한 날이 아니면 꿈도 꾸지 못할 귀한 음식이다. 결혼식, 장례식 등 집안에 큰 일이 있을 때 에구투구제니 사람들은 조상혼령에게 소를 제물로 바친다.

제물로 바쳐진 소는 익숙한 솜씨로 가죽을 벗기고 분해해 하룻밤을 조상혼령이 깃들어 있는 오두막 벽에 걸어놓는다. 조상혼령이 쇠고기를 '핥아'먹도록 시간을 주는 것이다. 다음 날 집안 식구와 마을 사람들은 조상혼령이 핥아먹은 쇠고기를 가지고 파티를 연다.

에구투구제니에서 처음 맛보았던 쇠고기 맛은 지금도

잊을 수가 없다. 알디나라고 하는 처녀 점술가의 한 훈련생이 훈련을 마치고 자기 집에 돌아가 조상혼령에게 감사의 제사를 지낸 날이었다. 제물로 바친 소의 가죽을 벗기고 분해를 하는 것은 남자들의 몫이었다. 마을 청년 두어 명이 손칼을 들고 소의 가죽을 벗기는 사이에 다른 청년들은 가까운 숲에서 나뭇가지를 모아와 불을 피웠다.

원칙적으로 제물로 바친 쇠고기는 조상혼령이 먼저 맛을 봐야 하지만 작업을 하는 청년들은 제물의 일부를 훔쳐 먹을 수 있는 특권이 있었다. 이들이 훔쳐 먹는 부위는 주로 소의 내장. 소의 쓸개는 제물을 분해하는 청년들의 몫으로 돌아가고 대부분의 내장은 그 자리에서 불에 구워 먹어치웠다.

그때 먹었던 곱창구이의 맛은 지금도 잊히지 않는다. 마을 청년들은 소의 배를 가르고 막 꺼내 아직 따뜻한 기운이 남아 있는 곱창을 석쇠 위에 올려놓았다. 제물로 바쳐진 소는 마침 반추를 하다가 창을 맞고 죽은 모양이었다. 곱창 속에는 소가 반추를 하다 남긴 내용물이 꽉 차 있었다. 청년들은 그 내용물을 꺼낼 생각도 하지 않았다.

곱창이 '지글지글' 소리를 내며 쪼그라들기 시작하자 한 청년이 손칼로 곱창을 듬성듬성 잘라 주변에 모여 있는 청년들에게 나눠주었다. 나도 그 틈에 끼어 한 조각을 얻어먹을 기회가 있었다. 그런데 그 곱창 맛은 그때까지 먹어보았던 것과는 완전히 다른 맛이었다. 소가 반추하다 남긴 내용물과 함께 씹히는 곱창은 그 고소함이 가히 일품이었다. 뭐랄까? 한국에서 먹던 곱창은 여기에 비하면 종이 쪼가리를 씹는 것 같은 맛이라고 표현해야 할까?

제사를 지낸 집주인은 다음 날 친인척과 마을 사람들을 초대해 제물로 바친 쇠고기를 가지고 성대한 파티를 열었다. 집주인은 마당에 커다란 무쇠 솥에서 펄펄 끓는 물에 쇠고기를 듬성듬성 썰어넣었다. 여기에 소금을 한 움큼 집어넣으면 요리 끝. 집주인은 손님들이 들고 있는 플라스틱 접시에 쌀밥과 국물, 고기 몇 덩어리를 올려주었다. 김이 모락모락 오르는 밥에 먹음직스런 쇠고기를 얹어놓으니 모양새가 좋았다.

마침 허기가 지기도 했고. 큼지막한 쇠고기 한 덩어리를 입안에 넣고 '꾹' 씹었다. 그 순간 '쭉―' 하는 소리와 함께 입안에 피비린내가 진동했다. 순간 눈을 질끈 감아버렸다. 입과 코로 비릿한 피냄새가 뿜어져 나오는 것 같았다. 양미간이 저절로 찌푸려졌다.

'아―, 덜 익었네.'

온갖 인상을 쓰며 슬그머니 실눈을 떠보니 사람들은 모

처럼 맛보는 쇠고기에 푹 빠져 있었다.

'이걸 먹지도 못하겠고 그렇다고 뱉지도 못하겠고.'

잔뜩 인상을 쓰며 한동안 피를 잔뜩 머금은 고기를 입에 물고 있었다. 용기를 내서 다시 한 번 '꾹─.' 잠시 가라앉았던 비린내가 다시 피어올랐다. 덜 익은 고기는 고무줄처럼 질겼다. 껌을 씹듯 질겅질겅 고기를 씹다가 억지로 목구멍 속으로 밀어넣었다. 일단 안도의 한숨이 흘러나왔다. 피 냄새가 입안에서 진동했다.

"나는 배가 불러서 말이야. 네가 이것도 먹을래?"

결국 밥그릇에 있던 고기를 옆에 앉은 동네 꼬마에게 건네주었다. 꼬마는 횡재를 했다는 듯 "고마워요"를 연발했다. 마을 사람들은 어려서부터 덜 익은 쇠고기와 피에 익숙해 있었기 때문에 오히려 그 맛을 즐기고 있었다. 지금도 그때 생각을 하면 입안에 비린내가 나는 듯하다.

에구투구제니에 머물면서 흥미로웠던 점 중의 하나는 이들의 음식에 대한 태도였다. 에구투구제니 사람들은 특정 음식을 심할 정도로 피했다.

마을 사람들과 이런저런 이야기를 나누다보면 "너희 나라에선 뭘 먹고 사니?"라는 질문이 자연스럽게 흘러나온다.

"쌀밥, 야채, 콩, 옥수수, 고구마, 감자, 쇠고기, 닭고기……."

'너희도 우리와 별로 다를 것이 없구나' 하는 심드렁한 표정이 흘러간다.

"돼지고기, 생선……."

신기하다는 표정과 일그러지는 얼굴들.

"가끔씩 개고기도 먹고…… 참, 뱀도 먹는데……."

이쯤 되면 푹 하고 한숨을 내쉬며 자리를 뜨는 사람도 생긴다. 나는 한순간에 엽기적인 사람이 된다. 우리가 아프리카 사람들의 음식문화를 보고 엽기적이라고 생각하는 것만큼이나 그들에게 비춰진 우리 음식문화도 엽기적이다. 피차일반이다. 에구투구제니 사람들에게 개미와 송충이는 좋은 단백질 식품이다. 반면 우리는 번데기를 즐겨 먹는다.

에구투구제니 사람들은 일부 생선에 대해 심한 거부감을 보인다. 스스로를 줄루라고 생각하기에 갑각류는 절대 금기다. 마을 사람들에게 새우나 가재는 바퀴벌레 같은 혐오스러운 생물이다. 오징어나 문어는 괴물이다. 이들에게 지느러미와 비늘이 없는 생선은 생선이 아니다. 참으로 성경적이다.

하지만 재미있는 것은 불과 얼마 전까지만 해도 마을 사람들이 갑각류는 물론 멍게나 오징어도 먹었다는 사실이다.

지금도 그 흔적은 여기저기에 남아 있다. 읍내 장터에 나가면 동네 아낙들이 새우를 수북이 쌓아놓고 호객행위하는 것을 어렵지 않게 볼 수 있다. 연금을 주는 곳에 나가면 멍게와 오징어를 말려 꼬챙이에 꿰어놓고 지나가는 할아버지, 할머니의 발길을 붙잡는 모습도 흔히 볼 수 있다. 결국 누군가는 갑각류와 연체류 생선을 먹는다는 소리다. 소비 없는 공급은 없는 법이다. 그 해답은 어렵지 않게 풀렸다.

마을 노인네와 아낙네들은 갑각류와 연체류 생선을 먹는다. 왜냐하면 그들은 줄루가 아니라 통가(Thonga) 사람들이기 때문이다. 멍게 말린 것은 노인들이나 먹는 거라며 목에 힘을 주어 설명하던 친구는 스스로를 줄루라고 생각했다.

"왜 너는 이걸 좋아하지 않아?"

"이건 노인들만 먹는 거야. 그래서 오늘 장에 이런 물건이 나오는 거지."

"왜 노인들만 드시는데?"

"왜냐하면 노인들은 통가 사람이거든. 나는 줄루라서 이런 거 먹지 않아."

갑각류나 연체류 생물은 저급한 통가 사람들이나 먹는 것이라는 인식이 마을 사람들, 좀더 구체적으로 말해서 남자들 사이에 팽배해 있다. 통가는 모잠비크와 남아공 국경에 걸쳐 살고 있는 사람들로 예전에는 줄루 왕국에 조공을 바치던 식민이었다. 당연히 줄루인들은 통가인들을 문화적으로 저급한 변방인 취급을 했다. 에구투구제니는 과거에 통가랜드의 일부였지만 영국의 지배를 받으면서 줄루 문화권에 흡수되었다. 최근에 줄루 문화가 유입되면서 빠른 속도로 줄루화되어가고 있다. 줄루화는 통가 성씨를 줄루로 바꾸기, 통가어를 버리고 줄루어를 사용하기 등 사회 전반에 걸쳐 벌어지고 있다.

음식문화의 변화도 그중 하나다. 특히 전통적으로 먹어오던 갑각류 생선을 비롯한 일부 음식을 의도적으로 기피한다. 이들 음식은 줄루인들의 혐오식품이기 때문이다. 이런 현상은 청장년층을 중심으로 특히 심하다.

하루는 쟈불라니라는 친구의 집을 방문했다. 쟈불라니는 어머니와 아내, 딸, 아들과 함께 나무 그늘에 앉아 있었다. 그런데 쟈불라니의 어머니와 아내, 딸은 숟가락을 들고 뭔가를 열심히 파먹고 있었다. 가까이 다가가 인사를 나누고 보니 그들이 먹고 있는 것은 수박이었다. 신기하게도 수박 속이 노랬다. 날도 덥고 갈증도 나고 해서 수박 맛이 좋겠다고 했다. 쟈불라니의 얼굴에 경멸스럽다는 표정이 스쳐 지나갔다. 그리고 보니 쟈불라니와 아들은 딴짓을 하고 있었다.

"너는 수박을 좋아하지 않아? 이렇게 더울 때 먹으면 시원하고 좋은데."

쟈불라니의 대답은 의외였다.

"나는 수박 따위는 먹지 않아."

그러면서 수박을 맛나게 먹고 있는 어머니를 어깨 너머로 힐끗 쳐다보았다. 나중에 우리 둘이 남았을 때 쟈불라니는 자기가 수박을 먹지 않는 이유를 설명했다.

"수박은 통가 여자들이나 먹는 음식이야."

줄루인들이 수박을 먹지 않는 이유는 알 수 없다. 중요한 것은 쟈불라니의 태도다.

'통가가 먹는 음식을 나는 안 먹는다.'

통가와 줄루의 차별화이자 열등민족이라고 생각하는 통가인들이 먹는 음식을 먹을 수 없다는 자존심. 에구투구제니의 음식문화는 마을 사람들을 현대인과 전통인, 줄루 사람과 통가 사람, 젊은 세대와 늙은 세대를 가늠하는 기준이다.

원래 에구투구제니 사람들은 하루에 두 끼를 먹었다고 한다. 지금도 나이 든 사람들은 오전 11시경과 오후 6시경에 두 번 식사를 한다. 그런데 서양식 가치관이 에구투구제니에 퍼지기 시작하면서 이들의 식생활에도 큰 변화가 일어났다. 물질적인 풍요와 함께 하루 세 끼 식사가 보편화되고 그

중 아침만큼은 반드시 서양식으로 먹어야 한다는 인식이 생겨나기 시작했다.

요즈음 에구투구제니 사람들은 아침식사만큼은 반드시 식빵에 마가린과 햄을 얹고 우유와 설탕을 잔뜩 넣은 홍차를 커다란 머그잔에 마셔야 한다고 생각한다. 이런 현상은 특히 젊은 층일수록, 도회지에서 노동자로 일하다가 귀향한 젊은이일수록 심하다. 도회지에서 보아온 서양인들의 음식 문화를 흉내 내는 것이다. 이것을 통해 일시적으로나마 자신을 서구화에 편승하고 있는 계층으로 생각하고 이를 통해 생활의 질이 높아질 것이라고 기대하는 것이다. 이처럼 에구투구제니 사람들은 계층에 따라, 민족에 따라 먹는 음식과 금기하는 음식을 달리한다.

에구투구제니 사람들은 줄루인으로 살기 위해 전통적으로 먹어오던 음식들을 버렸다. 이들에게 무엇을 먹지 않느냐 하는 것은 민족적 자긍심이자 현대인의 표상이기도 하다.

줄루의 음식문화는 단순함 속에 끊임없는 변화를 준다. 우리가 하루 세 끼 쌀로 지은 밥을 먹는다고 하면 줄루 사람들은 의아해한다. 이 사람들은 같은 종류의 식사를 연이어 하는 법이 없기 때문이다. 음식문화의 단순함을 식단문화의 변화로 극복하는 지혜를 보여준다.

박찬일

박찬일

요리사. 서울 변두리에서 자랐다. 대학에서는 문학을 전공했다.
잡지사 기자를 거쳐 요리사가 되었다. 다양한 매체에
요리와 술, 사람과 노포에 관한 글을 쓰고 강의를 했다.
『짜장면』『오사카는 기꺼이 서서 마신다』『노포의 장사법』
『내가 백년식당에서 배운 것들』『추억의 절반은 맛이다』
『지중해 태양의 요리사』『밥 먹다가, 울컥』등
다수의 베스트셀러를 펴냈다.
tvN「수요미식회」「어쩌다 어른」「노포의 영업비밀」등에도 출연했다.
현재는 '광화문 몽로'와 '광화문국밥'에서 일한다.

투박한 요리 요정
나의 어머니

가끔 나는 왜 요리사가 되었을까 생각해볼 때가 있다. 세상만사 팔자소관이란 말을 믿지 않지만, 적어도 나의 요리사 전향은 팔자 아니면 설명이 안 되는 것 같기도 하다. 대학을 떠나 잡지사 기자로 대여섯 해를 보냈는데, 느닷없는 요리사 전업이 내가 봐도 좀 뜬금없는 일이었다.

그 시절, 타로라는 서양 카드 점이 유행했다. 한 타로 명인(?)이라는 분을 만나 취재를 한 적이 있다. 서비스 삼아 내 운명을 봐준다고 하여 생일을 내밀었더니 물고기자리라고 했다. 남을 먹이는 일을 할 가능성이 있다는 것이었다. 성경의 예를 들어 오병이어라거나, 예수의 독실한 제자 베드로의 직업이 어부라는 것도 연관이 있다고 했다.

그가 카드를 열심히 섞어 한 장의 패가 나왔다. 뒤집었더니 아니나 다를까, 나무 탁자에서 뭔가를 썰고 있는 사내의 형상이 나오지 뭔가. 그가 고개를 갸웃했다. 기자를 하고 있는 내 팔자에 요리사가 나오니 이상하다는 것이었다.

"점이란 게 백 프로 딱딱 맞기야 하겠소만, 이거 그냥 넘어가기에는 뭔가 있어 보여요. 이상해……"

나는 사실 뜨끔했다. 그때 이미 요리사 전업을 준비하면서 요리학원을 다니고 있었던 것이다. 사주팔자고 나발이고 안 믿는데, 지금도 타로라면 은근히 접어준다. 내 운명을 맞추었으니 말이다. 베드로만큼이나 생선을 잡아서 포를 뜨는 신세가 될 줄이야.

나로 말할 것 같으면, 요리와 한정 없이 거리가 있는 소년기를 살았다. 초등학교 오학년 때인가, 처음으로 라면을 끓였는데 어머니가 아주 대견하다고 상을 줄 정도였다. 어머니가 동장이라도 하셨다면, 동사무소 비상 스피커로 자랑을 하셨을지도 모르겠다. 아이고, 우리 새끼가 글쎄 라면을 다 끓였지 뭐유. 계란도 넣고 거 뭐냐 파도 송송 썰었다는 거 아뉴.

위로 누이가 둘이나 있고, 없는 집에서도 외아들 치레는 단단히 했으니 물에 손 넣을 일이 전혀 없었다. 간혹 겨울밤에 마당에 있는 김장 꺼내는 일을 몇 번 한 적이 있는데 그건 꼴에 사내의 몫이라고 생각하셨던 것 같기도 하다. 학교에서 파하고 오면, 어머니가 안 계신 적도 있었다. 그러면 나는 혼자 뭘 끓여먹는다는 건 상상도 할 수 없었다. 나중에라면 끓이기에 성공하기 전까지는. 그저 어머니나 누이가 오기까지 기다렸다.

한 번은 너무도 배가 고파 찬장을 뒤졌더니 참외가 있었다. 과도를 다룰 줄 몰라서 이빨로 그걸 벗겨 먹었다(상상도 하기 싫다, 그 참외 모습). 아니면 그냥 껍질째 먹었다. 그래서 지금도 참외껍질 맛을 잘 안다.

어머니는 순전히 아들 챙기는 걸 낙으로 아셨다. 귀한 계란은 언제나 내 차지였다. 내 밥주발 밑에 계란을 깔고 밥을 펐다. 누이들이 모를 리 없는 일이었는데 어머니의 의중을 받들어 태연하게 그 계란을 먹었다. 간혹 누이들이 눈치 없이 계란을 흘긋거리면 어머니는 무섭게 누이를 노려보는 것으로 상황을 매듭지었다. 이런 아들이었으니, 나중에 요리를 한다고 하자 얼마나 노심초사하셨을까. 게다가 번듯한(?) 펜을 놓고 채소 씻고 고기 지지는, 말하자면 천한 일을 한다니 얼마나 불안하셨을까.

어머니는 말은 안 하시지만, 지금도 내가 칼을 놓기를 바라신다. 손가락을 다칠까 걱정하기 때문이다. 야야(경상도에서 애들을 부르는 말), 험하고 힘든 건 다른 요리사 맡겨라. 에예이?(경상도에서 다짐할 때 쓰는 말). 따지고 보면 나더러 비겁한 주방장이 되라는 말씀인데, 하여간 토 달지 않고 그러마고 한다. 그래야 어머니가 안심을 하니까.

생각건대 나를 요리사로 만든 건 아이러니하게도 어머니다. 누가 내 요리 스승이냐고 물으면 나는 대외적으로는 그럴싸하게 보이려고 이탈리아 견습 시절 셰프를 말한다. 분명히 말하지만 그건 대외적인 폼이다. 진정한 스승은 어머니다. 그녀는 번개처럼 빠른 요리 솜씨를 가졌고, 없는 재료로 여섯 식구가 그럭저럭 먹어내는 비밀의 손맛을 가졌다(미원도 비싸서 못 쓰던 시절이었다). 경상도 출신이지만, 서울과 평양의 요리도 두루 하실 줄 알고, 한때 계란 한 판으로 학교 선생님 도시락 풀코스를 짜기도 했던 기량의 소유자다.

계란 한 판 이야기는 다른 책에 쓴 적이 있는데, 담임선생 도시락 당번을 맡게 되자 한 푼의 장 볼 돈이 없었던 어머니는 방문판매하는 장수에게서 외상으로 계란 한 판을 얻어 그걸로 부치고 지지고 쪄서 삼단찬합을 그득 채워 소풍 길에 들려 보낸 바 있으시다. 물론 그 담임이 뭐 씁은 표정으로 찬합을 열던 표정이 생각나기는 하지만(아무리 솜씨가 좋기로서니 삼단을 채운 계란 요리는 좀 그렇지 않은가).

결국은 우리는 다 아버지 어머니를 닮는다. 성품도 닮고 하다못해 하품하거나 식성도 닮는다. 아버지를 별로 좋아하지 않는 어머니는 내가 간혹 아버지처럼 웃는다고 뭐라 하실 정도다. 아니, 원래 아들이란 아버지의 얼굴 근육 구조를 닮게 마련이라고요. 그러니 웃을 때 똑같을 수밖에요. 어머니는 어떻게든 내가 '외탁'을 했다고 우기신다. 주로 좋은 쪽으로만 그렇다. 물론 나는 내가 아버지를 엄청나게 닮았다는 걸 하나씩 확인하면서 소스라치곤 한다.

하여간 인간은 주는 걸 먹게 되어 있다. 유명한 인류학자인 마빈 해리스도 그랬다. 인간은 주어지는 것을 좋아하게 되어 있다고. 미국의 축산산업을 설명하면서 그는 "팔기 좋은 것이 결국 소비자는 맛있는 것이라고 믿게 마련"이라고 일찍이 설파했다. 그래서 다들 자기 어머니의 음식 맛이 최고라고 느끼는 것이다. 계량하거나 숫자로 음식 솜씨를 가를 수는 없지만, 어느 정도 층이 지게 마련인데 다들 왜 자기 어머니 솜씨를 으뜸으로 칠까. 바로 마빈 해리스의 말을 떠올리면 얼추 설명이 된다. 주니까 맛있는 것이라고. 내 어머니도 그런 것이 틀림없다고 생각한다. 여전히 내 감정은 아니라고 소리치지만 말이다.

어머니는 늘 일을 하셨고, 여섯 식구의 음식 장만하는 일을 이중으로 힘들어했다. 돈이 부족했고, 시간도 없었다. 그래서 곁에서 마늘이라도 까드리면 좋아하셨다. 콩나물을 다듬는 일도 도와드리곤 했다. 게다가 우리 집은 워낙 작아서 부엌에서 모든 요리가 이루어지는 경우가 드물었다. 건넌방겸 거실이 언제든 부엌의 일부로 변했다. 신문지를 깔고 열무 몇 단이 펼쳐지거나, 쪽파 한 단이 놓이는 건 자연스러웠다. 물로 씻고 손질하는 건 부엌의 몫이었으나, 이른바 '전처리'는 방에서 이루어지곤 했다.

내가 계몽사의 주황색 표지 『소년소녀문학전집』을 보거나, 『소년중앙』이나 『새소년』을 읽다가 마늘을 까는 건 흔한 일이었다. 손끝에 나름대로 야물게 요리 맛을 보기 시작했던 것이 아니었을까.

요즘에야 깐 마늘이 있지만, 예전에는 악착같이 손톱으로 까지 않으면 마늘 맛을 볼 수 없었다. 차가운 물에 담가서 껍질을 부풀린 후 마늘을 비틀어 한 쪽씩 분리한 후 손톱을 껍질 사이로 넣어 벗겨내야 했다. 겉껍질 안에 반투명한 속껍질까지 삭삭 벗겨야 하는데, 이게 보통 성가신 일이 아니었다. 내가 그나마 군대에서 탈영 안 하고, 쥐어 패고 싶은

회사 상사 안 때리고 무사히 지낸 것은 마늘 까기가 가르쳐 준 인내심 덕이었다.

파 다듬는 일은 쉬웠다. 누르스름하게 변색된 껍질을 잡고 아래로 술술 벗겨 내려가면 여동생 발뒤꿈치처럼 매끈하고 하얀 속살을 내놓았다. 그렇게 가지런히 벗긴 쪽파가 신문지 위에 나란히 켜켜로 놓인 모습은 보기에도 좋았다. 콩나물은 또 어떠했던가. 콩나물국에 질기고 볼품없는 껍질이 동동 뜨는 건 품위 없었다. 갈색이거나 반투명한 노란 껍질을 벗겨내고 끼끗하게 손질한 콩나물은 이미 요리가 절반된 것과 진배없었다. 노란 양은냄비에서 보글거리고 끓던 콩나물국. 어머니는 식칼 손잡이를 거꾸로 잡고 통통 으깬 마늘을 넣고 국을 끓였다. 말갛고 은은한 콩나물국. 식어도 비리지 않고, 뜨거운 통일벼 밥을 말기에 딱 좋던 식은 콩나물국. 콩나물을 손질하면 그 국을 먹을 수 있었다.

어머니는 요리에 많은 시간을 쓸 수 없었고, 늘 우리 집 스타일의 조리법이 있었다. 나중에 커서 친구 집에서 동그랗고 예쁜 만두를 보고 깜짝 놀란 적이 있다. 만두는 그저 배가 부른 게 아니라 예쁜 것이라는 걸 그때 알았다. 어머니는 일단 만두를 하면 온 식구가 빨리 먹을 수 있는 양을 확보했다. 돼지고기와 부추가 핵심이었다. 이 재료는 손질할 것도 없이 그냥 썰고 섞으면 끝난다. 그것으로 손바닥보다 큰 만두를 빚었다. 어머니는 이것이 '이북만두'라고 우겼지만 내가 보기에 그것은 속도전을 위한 일종의 밑밥이었다.

> "그저 어머니의 국수는
> '국수다운, 국수 맛의' 국수였던 것이다."

만두를 예쁘게 만들려면 시간이 많이 걸린다. 그것은 어머니의 요리 철학에 어긋난다. 빨리, 배불리! 대신 만두피에 공을 들였다. 절대 사서 쓰는 법이 없었다. 일일이 손으로 밀었다. 이것은 여섯 식구라는 대가족의 힘으로 밀어붙일 수 있었다. 홍두깨나 하다못해 소주병으로 밀가루 반죽을 밀었다. 그리고 거의 한 국자 정도의 소를 넣고 만두를 빚었다. 아니, 그것은 빚는 것이 아니라 제조였다. 구휼을 위한 만두 제조. 딱 세 개만 먹으면 배가 불렀다. 절대 찌는 법도 없었다. 찌면 시간이 많이 걸린다.

석유풍로를 최대로 켠 후, 석유 냄새가 온 집안에 가득하게 심지를 돋워 물을 끓이고 만두를 삶았다. 건져서 각자 그릇에 담고 숟가락으로 잘라 먹었다. 젓가락으로 예쁘게 만두를 조물거리는 것은 어머니 성미에 안 맞았다. 이 만두는 지금 딸자식과 며느리에게 전수되어 우리 집 만두로 바이러스처럼 번져가는 중이다. 나는 식품회사에 이 만두 제조법을 팔 용의가 있다. 정말 맛있다.

어머니는 국수도 기차게 말았다. 계란 지단 같은 건 우리 집 역사에 없다. 야가 미칬노 언제 노른자 흰자 갈라 부치고 앉았나, 양산도 하네(미운 짓 한다는 뜻). 이러실 분이다. 그냥 멸치육수 내고(절대 내장 떼고 머리 떼는 또는 그걸 기름 없이 팬에 덖는 예쁜 짓은 하지 않는다) 국수 삶아 밀가루 비린내 나게 입에 우겨넣는 것이다.

먼저 국수를 산다. 기왕 먹는 거, 물리게 먹는 쪽이 어머니 방법이다. 진탕 먹어서 물려야 오랫동안 다시 해달란 말이 안 나오기 때문이란다. 그래서 그 비싼 바나나도 우리 집은 송이째 들여다 먹었다. 바나나 한 개 값이 금괴랑 맞먹던 시절이었다. 포도 같은 건 상자째 들어왔고, 딸기도 끝물에 값 헐할 때 '한 다라이'가 들어와서 손가락 끝에 딸기물이 빨갛게 들 정도로 먹었다.

그러니 국수도 그랬다. 내가 종종 심부름을 했고, 그 묵직한 무게감이 아직도 팔뚝에 남아 있다. 동네마다 국수공장이 있었는데, 거기 가서 한 관씩 샀다. 국수공장이 닫았으면 구멍가게에 가서 '닭표'나 '사자표' 같은 걸로 역시 한 관을 샀다. 누런 시멘트 종이나 하얀색이지만 재생지 같은 포장지가 국수 가운데만 둘러져 있었다. 조악하게 닭표니, 사자표니 하는 상표가 찍혀 있고 국수공장에서 파는 건 아예 상표도 없었다. 표백 밀가루가 흔하지 않아서 누런색과 가벼운 갈색을 띠는 2등급 밀가루로 만든 국수가 많았다. 기술이 모자랐는지, 요즘 나오는 이쑤시개처럼 가느다란 건 없었고 중면(中麵)이라고 부를 만한 굵직한 것들이었다.

그 국수를 한 아름 사서 집에 오면 커다란 알루미늄 솥에서 물이 끓고 있었다. 보통 반 관(1.75kg) 이상 삶았다. 1인당 한 300~400그램 이상은 먹었으니까. 국수를 건져서 수도를 틀거나 펌프 물로 하얗게 씻어서 멸치국물에 말았다. 어머니는 김가루 같은 얍삽한 고명을 증오했다. 그냥 풋고추 썰어 넣고 고춧가루 뿌린 간장이 전부였다. 간혹 애호박 정도는 볶았던 것 같은데, 대단한 고명도 아니었다. 그저 어머니의 국수는 '국수다운, 국수 맛의' 국수였던 것이다. 젓가락을 힘차게 해서 두툼하게 입에 넣던 그 국수의 맛! 이제 서울에서 중면 살 길도 없고, 국수는 갈수록 얇고 간사해진다. 입에서 저 맘대로 노는 맛은 있으나 묵직하고 진한, 밀가루 냄새 풀풀 날리던 2등급 밀가루의 박력은 사라진 셈이다.

어머니의 이런 요리 방식은 내 혀에 하나의 인이 박인

상태로 남아 있다. 이를테면, 오징어로 회를 만들어도 어머니는 절대 껍질을 벗기지 않았다. 오징어 껍질을 벗기느냐 아니냐에 따라 전혀 다른 맛이 난다. 껍질이 있으면 오랫동안 씹어야 하고, 껍질에서 쓰고 알싸한 맛이 나온다. 껍질을 벗기면 오징어는 몇 번 씹지 않아도 부드럽게 넘어가고 아주 단맛이 중심이 된다. 그래서 어른이 되어 껍질 벗긴 오징어회를 처음 먹고 나는 깜짝 놀랐다. 그렇다면 어머니가 맛을 살리기 위해 껍질을 벗기지 않고 요리했을까. 천만의 말씀이다. 당장 해야 할 일이 산더미 같으니 오징어 따위야 껍질 벗기는 일은 절대 하지 않았던 것이다. 지금도 박력 있게 씹히는, 어머니의 겨울 오징어회가 먹고 싶다. 회라는 걸 먹을 수 없었던 서울 변두리 삶에서 어머니는 자식들에게 회맛을 전해준 분이다.

서울 시내에서 사셨던 박완서 선생은 철마다 민어 같은 고급 어물로 이것저것 요리해 드신 이야기를 소설에 쓰고 있는데, 변두리에서는 언감생심이었다. 시장에서는 그저 꽁치와 고등어, 오징어와 갈치가 고작이었다.

오징어는 냉동이었는데 여름에는 물이 질질 흐르고 질이 좋지 않았다. 그래서 어머니가 그걸로 회를 만들어주는 건 겨울이었다. 겨울이니 무맛이 좀 좋은가. 그걸 숭숭 썬다.

오징어는 내장을 버리고 다리고 머리(실은 지느러미)고 뭐고 먹기 좋은 크기로 썬다. 고춧가루를 넉넉히 치고, 코미디언 이기동이 선전하는 '환만식초' 같은 공장 식초를 듬뿍 쳐서 무쳐내는 것이었다. 하늘하늘한 고급 오징어회는 아니었지만, 꾹꾹 씹어야 맛이 나오는 그 겨울의 오징어 막회 맛은 또 얼마나 대단하던지. 꽁치 같은 것도 그때는 너무도 흔해서 싸구려 석쇠에 얹어 연탄불에 올려 그냥 구웠다. 바닷가처럼 좋은 어물을 먹고살지는 못했지만, 나는 그것으로도 충분하다고 생각한다.

요리가 집안 내림이라는 건, 누군가 꼼꼼히 조리법을 적어서 물려주지 않아도 그 맛이 혀에 누적된다는 뜻이다. 맛은 지독히도 보수적이어서 좀체 자기 성문을 열지 않는다. 지금도 양식당에서 저녁모임하고 집에 돌아와 김치찌개 찾는 분들이 있다. 이게 정상이다. 여담인데 여자가 남자보다 비일상적인 음식, 이를테면 유럽 여행에서 먹는 음식에 더 잘 적응하는 것은 인간의 본성으로 해석할 수도 있다. 여자는 남자가 사냥해준 것을 '어떻게든 맛있게 먹는' 본능이 내장되어 있다는 것이다.

어쨌든 나의 요리 솜씨는 순전히 어머니식의 '빨리, 많이' 만드는 방식에 기원을 두는 것 같다. 식당 음식이란 게 뭔가. 빨리 많이 만들어내는 능력이다. 게다가 어머니는 고향을 떠나 서울에서 살다보니 누구한테 음식을 찬찬히 배울 기회를 갖지 못했다. 적당히, 어림짐작으로, 어쩔 때는 창의적으로 음식을 해야 했다.

그런 내림은 내게도 왔다. 이탈리아 요리란 것은 꽤 먹을 만하다. 그렇다고 한국인이 생각하듯이 우리 입에 착착 붙는 요리가 많지도 않다. 우리의 상식과는 달리 마늘을 그렇게 많이 쓰지도 않고, 매운 고춧가루는 사실상 쓰지 않는다(남부의 일부 지역에서나 쓴다). 한국에서 이탈리아 음식을 팔자니 이런저런 걸림돌이 많다. 그때 어머니에게 물려받은 본능이 작동한다. 이것저것 요것을, 이렇게 저렇게 그렇게 섞으면 어떤 맛이 나올까 예측이 되는 것이다.

내가 파는 이탈리아 요리의 다수는 내 방식대로 해석이 된 상태다. 소 곱창 요리가 그렇고, 파스타가 그렇고, 디저트도 그렇다. 이탈리아식 조리법이야 배운 게 있고, 요즘에는 인터넷에도 수두룩하다. 이걸 '먹을 만하게' 만드는 건 내 몫이다. 그때마다 나는 어머니의 '요리 요정'을 불러온다. 좀 투박하게 생긴 그 요정은 이렇게 말하는 것이다.

"머하고 있노. 마늘 다지고 고춧가루 술술 뿌리고 척척하면 되제."

잊을 수 없는 밥 한 그릇

지은이 박완서 신경숙 성석제 공선옥 최일남 정은미 고경일
김진애 주철환 홍승우 김갑수 장용규 박찬일
펴낸이 김언호

펴낸곳 (주)도서출판 한길사
등록 1976년 12월 24일 제74호
주소 413-120 경기도 파주시 광인사길 37
홈페이지 www.hangilsa.co.kr
전자우편 hangilsa@hangilsa.co.kr
전화 031-955-2000~3 **팩스** 031-955-2005

부사장 박관순 **총괄이사** 김서영 **관리이사** 곽명호
영업이사 이경호 **경영이사** 김관영 **편집주간** 백은숙
편집 이한민 박희진 노유연 박홍민 배소현 임진영
관리 이주환 문주상 이희문 원선아 이진아 **마케팅** 정아린
디자인 창포 031-955-2097
CTP 출력 및 인쇄 예림 **제본** 예림바인딩

제1판 제1쇄 2004년 2월 23일
개정1판 제1쇄 2015년 9월 18일
개정2판 제1쇄 2024년 4월 8일

값 17,000원
ISBN 978-89-356-7862-4 03810